中公文庫

発達障害に生まれて

自閉症児と母の17年

松永正訓

中央公論新社

はじめに

その17歳の少年は、スマートフォンを耳に当てた。画面は私に向けて、彼は裏面に耳を当てる。スマートフォンの画面にはトイレの便器のサムネイルがずらりと並んでいる。私は適当にそのうちの一つをタップした。

動画が再生される。ゴーという音と共に水が便器の中で渦を巻く。動画が止まったところで少年はスマートフォンから耳を離して言った。

「TOTO C48SR」

トイレのメーカーと品番である。私にはそれが正解なのかどうか知るすべがない。しかし母親の話では、少年は何十種類というトイレの水流を聞き分けるという。何という鋭い聴覚の持ち主だろうか。

坊主頭に太い眉。黒目がくっきりとし、吸い込まれるような瞳だ。この非凡な才能の少年は、実は知能指数（ＩＱ）が37である。精神年齢は5歳8カ月。彼は知的障害を伴う自閉症だった。

「もういい、もうやらない、もうやらない、もうやらない」

やや滑舌の悪い言い方でスマートフォンを母親に押しつけると、居間の一角にある自分のパソコンデスクに座った。イヤフォンをして動画を視る。スマートフォンに入っていたものと同じトイレの動画だ。液晶画面に水の渦がグルグルと回転する。悦に入った表情で見入っている。

5分程すると、イヤフォンを外しいきなり立ち上がる。居間の端から玄関に向かって走っていく。そして戻ってくる。それをくり返す。だんだん加速していくように見える。何往復もして、その足取りはスキップのようだ。17歳の子が家の中を走るので、かなり大きな音が立つ。本人はそんなことはお構いなしに、ドタッドタッと走りまくる。声も上げる。やがてスキップが止まると、またパソコンデスクに向かい、イヤフォンを耳に装着する。

自閉症は、いわゆる発達障害の中に含まれる疾患である。文部科学省によると、自閉症は次のように定義される。

①他人との社会的関係の形成の困難さ
②言葉の発達の遅れ

③興味や関心が狭く特定のものにこだわることを特徴とする発達の障害

自閉症という言葉を知らない人はいないだろう。しかしこの定義を読んで、みなさんは自閉症の子どもの具体的なイメージが浮かび上がるだろうか？

現在では自閉症は、正式には自閉症スペクトラム障害と言う。スペクトラムとは連続体という意味で、重度の知的障害を伴う子どもから、まったく知的な遅れがない子まで幅があるからである。後者の場合をアスペルガー症候群とか高機能自閉症と表現する。自閉傾向の強さや知能の高さには大きな幅があり、一人ひとりの症状には明白な区別はなく、連続体を形成している。

私のクリニックをかかりつけとした子どもの中には、知的障害を伴う自閉症児が10人くらいいる。もちろん風邪などを理由に私のクリニックを利用しているだけで、私が自閉症児の療育をしているのではない。中には一目見て自閉症と分かる子もいるが、保護者の書いた問診票の自閉症という文字を見ても、健常児とどこが異なるのかにわかには分からない子もいる。

自閉症は先天的な脳の疾患である。原因はまだ明らかになっていない。現在のところ治療法はない。自然治癒することもない。自閉症として生まれた子は、自閉症の一生を過ごすことになる。そういう意味では、疾患というよりも、障害という言葉を使った方が適切かもしれない。

自閉症スペクトラム障害と注意欠如多動性障害、学習障害の三つを合わせて発達障害と呼ぶ。近年、発達障害の子どもが増えていることが多くの医療機関から報告されている。通常学級の15人に１人は発達障害であるという報告もある（２０１２年の文科省調査）。特別支援学校や学級にいる発達障害の子を含めれば、10人に１人は発達障害という指摘もある。診断技術が進歩したために患者数が増加することはどの病気にでも見られることであるが、やはり発達障害の子どもは増加しているとほとんどの医者が認識している。２０２２年の文科省調査では割合がさらに上がっている。

治らない障害ではあるが、早期の療育は重要だと考えられている。このため、千葉市の１歳半健診では、数年前に子どもの社会性のチェック項目が増やされた。つまり、「困難なことに出会うと助けを求めますか？」や「ほかの子どもに関心を持ちますか？」などがそうである。発達障害に対する保護者の関心は明らかに高まっている。

冒頭の少年は、大きなくくりで言えば、発達障害として生まれた子という表現になる。正確に説明すれば知的障害を伴う自閉症という診断名になる。

発達障害に対する世の関心が高まる中、私自身も知的障害を伴う自閉症の子どもに強い関心がある。発達障害の専門家は、児童精神科医や、心を専門にした小児科医である。私は医学生時代に発達障害のことを何一つ教わらなかったし、医者になってからも系統的に学ぶ機会はなかった。２００６年に開業医になってから、専門書などの書籍を読むようになったのが実情だ。だからなおのこと自閉症児の生活を知りたい。そしてそれ以上に自閉症児を育てるとはどういうことなのか、親の心を知ってみたい。

日々クリニックで多くの親と会話を交わしていると、親が自分の子どもに最も望むのは「普通である」ということが見えてくる。軽い風邪でも「念のため」に受診をし、すくすくと育っている子でもまめに健診を受けに来る。それは親自身が安心するためでもあり、祖父母を納得させるためでもある。どこの家庭でもやっていることをしっかりやることが親の務めと考えている人は多い。いや、「普通である」ということは世間が若い両親に迫ってくる圧力のようなものなのかもしれない。

個人的なことを言えば、それは私だって同じである。わが子が生まれたとき、私は自分の子が「普通に」育っていくことを強く願った。病気をせぬように心を配り、少し成長すれば公園デビューにドキドキし、幼稚園に上がれば妻がママ友たちとうまくやっていくことを望み、学校ではわが子に友人がたくさんできることを期待した。

そうやって「普通」で「世間並み」の道を家族が歩んでいくことは、どうしても譲れない最小限の願いである。

しかし子育ての途中で、わが子が自閉症で知的な遅れがあると分かったとき、親はどれほどの衝撃を受けるだろうか？　どうやって現実を受け入れ、「普通に」想定していた未来を手放し、「世間並み」の幸福を断念するのだろうか？

私にはちょっと想像がつかない。「普通」から外れた世界にも幸福な生き方が存在するのだろうか？　その生き方の中には、世間が押しつけてくる「普通」が最善であるという価値観から解放された自由が広がっているのだろうか？

そうかもしれない。私たちはあまりにも、「普通である」ことや「世間並み」であることに縛られているような気がする。もしかしたら「普通」でなくてもいいのかもしれない。その答えは、自閉症児を育てる家族の生き方の中にあるはずだ。

今回私は、私のこれまでの文章や著作をきっかけに知己を得た立石美津子さんに話を聞かせて頂く機会を得た。立石さんは、幼児教育や子育てに関して著作活動や講演活動をしている女性だ。そして冒頭に書いた17歳の少年の母親である。本文で、母と表現しているのは立石美津子さんのことだ。息子さんの名前は未成年であることから仮に「勇太」とする。就学するまでは「勇ちゃん」と書くことにした。本書を通じて、自閉症の世界の一端を明らかにし、私たちの日常を縛る「普通」という価値基準の意味を問い直したい。

発達障害に関して全般的な知識を先に得たい読者は、巻末の『補章　発達障害を理解するために』から読んで頂けると分かりやすいかもしれない。専門的なことを可能な限り平易な言葉と図で解説しようと試みた。

なお、本書では、多様な意見があるのは承知しているが、「障害児（者）」「健常児（者）」という言葉（漢字）を用いた。「障碍」や「障がい」は用いなかった。この理由も『補章』に書き添えた。

contents

イラスト　松永夕露
写真提供　立石美津子
ブックデザイン　アルビレオ

発達障害に生まれて——自閉症児と母の17年

1章　自閉症と診断されるまで

①言葉が出ない

帝王切開で勇ちゃんは生まれた。児頭骨盤不均衡と言われる状態で、母親の骨盤に対して勇ちゃんの頭が大きかったからだ。少し弱い感じだったが、母の耳にははっきりと勇ちゃんの産声が聞こえた。２０００年の秋だった。

勇ちゃんの成長は速かった。むしろ速すぎたくらいだ。2カ月で首がすわり、7カ月でつかまり立ちをし、9カ月には歩いていた。

母は勇ちゃんをたくさん抱っこし、たくさん話しかけた。つぎ込める愛情をすべて注いだ。そして英才教育を施す。生後3カ月から、毎日10冊の絵本を読み聞かせた。漢字カードや算数の教材用のカードを見せて育てた。勇ちゃんは笑顔を見せ、カメラを向ければレンズに目を向けた。このまますくすくと育っていくはずだったが、思いどおりにはいかなかった。まずは湿疹である。

顔から始まった湿疹は全身に広がり、皮膚は赤くジクジクとただれた状態になった。一過性の乳児湿疹でないと分かり、国立成育医療研究センターのアレルギー科に通うことになった。診断はアトピー性皮膚炎だった。

アトピー性皮膚炎の原因は複雑である。単純に、アレルギーに起因する炎症が皮膚に起きている場合もあるが、食物アレルギーが原因になっていることもある。勇ちゃんは離乳食が始まる前の生後5ヵ月で血液検査を受けた。その結果、鶏卵と牛乳、小麦に対するアレルギーの値が跳ね上がっていた。医師は離乳食からも、母親の食事からも鶏卵と乳製品と小麦製品を除去することを指示した。乳児期の間は、食材の除去ができたために大事に至ることはなかったが、2歳の頃に勇ちゃんは誤って生クリームを食べてしまいアナフィラキシーショックを起こすことになる。なお、彼は現在でもナッツアレルギーが残っており、エピペン（アドレナリンの自己注射薬）を常に携行している。

生後8カ月になれば、人見知りをするはずである。しかし勇ちゃんは人見知りをしなかった。知らない人が抱き上げても泣くことはなかった。かと言って喜ぶこともなかった。まるで目の前にいる人間の存在を無視しているように母には見えた。

母親が勇ちゃんを抱き上げても、勇ちゃんは抱き返してこなかった。イヤイヤをするわけではないが、ただ人形のように抱かれていた。反応の乏しさに母は違和感を覚えたが、あまり深刻には受け止めなかった。

１歳を過ぎた頃、近所の児童館でクリスマス会が開かれた。サンタクロースが現れて子どもたちにプレゼントを配っていく。喜ぶ子や泣き出す子で会場は賑わった。しかし勇ちゃんはサンタクロースには一切関心を払わず、窓外のビルの壁に書かれた文字をずっと見つめていた。

１歳半になれば、意味のある言葉が出る。ママー、マンマ、ブーブ。こうした言葉がしだいに出てくる。しかし勇ちゃんは無言だった。何かを話し出そうという雰囲気もなかった。完全に無言だった。

２歳になって母は不思議な光景を目にする。２歳の勇ちゃんは長い棒に強い関心を持っていた。公園に連れていくと、ベンチに座っている老人が杖を手にしていた。それを見た勇ちゃんは杖に向かってどんどん進んでいった。ところが老人の手前に犬がうずくまっていた。どう反応するかと母が見ていると、勇ちゃんは犬の存在を無視し、犬の足を踏みつけて杖に向かっていったのだった。

２歳３カ月で勇ちゃんは保育園に入園する。ほかの園児たちと勇ちゃんは明らかに違っていた。みんなは団体行動ができる。列を作り、お遊戯をし、紙芝居をみんなで見る。勇ちゃんは一人集団から離れ、部屋の隅で寝そべっていた。言葉も依然として出なかった。

ただ、家での勇ちゃんは非凡な才能も見せていた。国旗や時刻表や数字に強い関心を示したり、世界地図のパズルをたちまち完成させてしまったりしていた。言葉を発しないこととアンバランスだったが、何となく変だという気持ちしか母は持っていなかった。

2歳4カ月の頃、食物アレルギーの定期受診で母子は成育医療センターに来ていた。母は勇ちゃんの保育園での様子が気になっていたので、診察後に軽い気持ちで言ってみた。

「先生、うちの子、2歳を過ぎても言葉を全然喋らないんですけど……」

するとアレルギー科の主治医は、「そうだね」とつぶやきながら、「では、こころの診療部に予約を入れましょう。1カ月後に受診できますから、相談してみて下さい」とパソコンに予約の情報を入力した。

ひと月が経った。母と勇ちゃんはこころの診療部を受診した。診察室ではM医師が対応してくれた。母の話を聞き、勇ちゃんが診察室の床でおもちゃに触れている様子を見ると、1分もしないうちに「お子さんは自閉症ですね」と断言した。

母は呆気に取られた。そして医師に反論した。

「この子は笑いますし、目だってそこそこ合います。私の知っている自閉症の子とは違います！」

母は特別支援学校の教員資格を持っており、実際、実習のため支援学校で自閉症の子どもたちと多数触れ合った経験があった。確かに自分の子は何か変なところはあるが、自閉症とはとても思えなかった。

Ｍ医師は厳しい表情できっぱりと話す医師だった。

「お母さんが知っている自閉症はほんの一部。自閉症にはいろいろなタイプのお子さんがいるからね。この子は絶対に自閉症。間違いない」

その言い方に母は腹を立てた。この人の言うことは信用できない！　母は勇ちゃんの手を引き、Ｍ医師と決裂するように診察室をあとにした。

②ドクターショッピング

診察室を出ると興奮した母は看護師をつかまえた。食ってかかるように「あの医者とは相性が合わないので、担当を変えて下さい」と詰め寄った。勇ちゃんをバギーに乗せると、涙があとからあとから溢れてきた。看護師は母の背中をさすってくれた。

生まれたときは、あれほど愛情を注ぎ、英才教育もしてきたのに、顔はアトピーでグチャグチャだし、食物アレルギーであの料理もこの料理も食べられない。その上、自閉症などと検査もしないで決めつけられる。感情の堰《せき》が破れ、母は叫ぶように看護師に言っていた。

「こんな子じゃなかったらよかった！　この子をちっとも可愛いと思えない。食物アレルギーで大変なのに、なぜ自閉症と言われなければいけないの！」

看護師は優しくうなずいた。

「そうだよね、つらいよね」

「この子をここに置いていっていいですか？」

「置いていかれたら困るけど、そんな気持ちになってしまうのね。そういう気持ちになるのは当たり前と思う」

看護師はそう言って母を慰めた。

少し落ち着きを取り戻した母は、再度、担当医を変えて欲しいと言ってみた。しかし病院としてそれはできないと断られたため、次回のこころの診療部の予約をキャンセルした。自宅へ帰って母はじっくり考えた。やはりうちの子は自閉症ではない。喋らないのには違う理由があるはずだ。そうか。勇ちゃんは耳が聞こえていないんだ。受診すべきなのは、こころの診療部ではなく、耳鼻科だったのだ。

母はその日から難聴を専門にしている耳鼻科クリニックの情報を集めた。普通の耳鼻科でははっきりしたことは分からないだろう。難聴を専門にしているクリニックがいい。そして母は勇ちゃんを連れてA耳鼻科クリニックに行った。勇ちゃんに音を聞かせて、勇ちゃんの反応を探る聴力検査である。医師の診断は「耳は聞こえています」というものだった。

そんなはずはないと思った。さらに情報を集めて別のB耳鼻科クリニックに行った。そこでも聴力検査を受けたが、やはり聴力に異常はないという診断だった。

ではなぜ勇ちゃんは喋らないのだろう？　自閉症ではない何かの理由があるに違いない。成育医療センターのM医師のところに戻る気はなかったので、ほかの児童精神科を受診することにした。そのとき初めて母は、子どもを専門にした精神科医や、心を専門にした小児科医は極めて数が少ないことを知った。

母子は結局、3カ所の心の診療科を受診することになる。東京大学医学部附属病院、都立梅ヶ丘病院、瀬川記念小児神経学クリニックである。どのクリニックも予約を取ってから初診までは数カ月待ちだった。待合室は全国からやってきた患者で溢れていた。

瀬川記念小児神経学クリニックでは、朝8時に待合室に入り、診察を受けたのは18時だった。その間、外出も許可されず、じっとすることができない勇ちゃんを抱いて母は10時間を耐えた。ようやく順番が回ってきて脳波を取ることになった。脳は眠った状態でないと測定できない。勇ちゃんはうまく波形を取ることができた。

しかしこんな子どもを抱えて10時間待たせる病院の神経が分からず母は不満だった。待合室でそんな愚痴をこぼすと、大型のスーツケースを抱えた母親が「脳波を取れるだけでラッキーですよ」と語りかけてきた。「うちは1泊で東京まで出てきたのに、途中で目が覚めてしまって脳波が取れなかったんです。今日は無駄足になりました」と肩を落としていた。

③自閉症を受け入れる

そして三つの病院で母はほとんど同じことを言われた。

「自閉症の疑いがありますね」

「自閉傾向があるようです」

「確定はしませんが、自閉症の可能性がかなり高いです」

言い方は柔らかだったが、結局はどの医者も「自閉症ではない」とは言わなかった。

気が付けば、M医師に「自閉症です」と言われてからもう1年が経っていた。勇ちゃんは相変わらず言葉を発することはなかった。保育園での行動も相変わらずだった。

母はいよいよ認めざるを得なかった。最初のM医師の見立ては正しかったのだ、勇ちゃんは自閉症なんだと。そして母子は成育医療センターに戻り、改めてM医師のところの診療部に通うことになる。長い付き合いの始まりだった。M医師からは「1年で受け入れるのは、早い方だよ」と言われた。M医師が発達障害に関する日本で最も高名な医師のうちの一人であることをのちになって母は知った。

この当時、母の自閉症に対する知識は「目が合わない・言葉を話さない・奇声を上げる・自傷行為がある」という程度のものだった。知的障害を伴う子と伴わない子がいることは知らなかった。そもそもこの時点で母には勇ちゃんに知的な遅れがあるという認識はなかった。アスペルガー症候群という言葉も一般には知られていなかった。ただ、母は自閉症が一生治らないということは知っていた。

母はシングルマザーになっていた。その理由は勇ちゃんの自閉症と関係ないので、ここでは触れない。頼れる人間は自分だけだと覚悟を決め、自閉症に関する勉強を始めた。まず最初のステップとしてやることは療育である。療育とは、障害児に対して発達を促し、自立して生活できるように援助をする取り組みである。成育医療センターには療育の施設がなかった。

2章 療育を受ける

①三つの施設

母が区に相談すると、区立総合福祉センターを紹介された。週に1回通うようになってみると、そこには自閉症児だけではなく、ダウン症児やさまざまな発達に問題のある子が集まっていた。みんなで歌を歌ったり、ダンスをしたり、ちょっとした工作を教わったりするようになった。

ところが勇ちゃんは何にも興味を示さなかった。ダウン症の子どもたちは歌ったり踊ったりするが、勇ちゃんはただその場にいるだけだった。周囲には一切関心を示さなかった。これではここに来ている意味がない。母は落胆し、センターの職員に相談してみた。

「うちの子、全然みんなと交わっていないし、何もやっていないんですけど、これでいいんでしょうか？」

「ええ、確かにあまりうまくいっていませんね。勇ちゃんは自閉症ですから、ここではなくて都立梅ヶ丘病院に行かれてはどうですか？」

都立梅ヶ丘病院（現在は都立小児総合医療センターに統合）は、子どもの心に特化した児童精神科病院である。病院内に療育施設も併設していた。母は迷わず梅ヶ丘病院の診察を申し込んだ。まずは医師の診察が必要である。予約してから診察を受けるまで半年かかった。ここでの担当医師はＩ先生。主治医がＭ先生とＩ先生の二人になった。

梅ヶ丘病院の療育はＴＥＡＣＣＨ（ティーチ）というプログラムを用いていた。これは、アメリカ・ノースカロライナ州で始まった自閉症児とその家族を支援するプログラムだ。その最大の特徴は、自閉症児が持つ多くの困難を、「自閉症の文化」として肯定的に捉えることにある。従って、自閉症児を問題のある障害児と見るのではなく、世界の見方が一般の人とは異なる子どもたちと捉え直す。自閉症児を無理やり世間の常識に従わせるのではなく、周囲の人間が自閉症児の文化や世界観を理解し、この子らの持っている特性が世間に適応できるようにしていくことで、自閉症児の生活の質を高めようと考えるものだ。

勇ちゃんは週に1回梅ヶ丘病院に通うようになった。中庭を抜けて病棟を通り過ぎて敷地の奥まで行くと、療育のための部屋があった。そこで勇ちゃんに対して新たな療育が始まった。

母はここでの療育に何の不満もなかったが、新たな情報も得ることになった。それは武蔵野東学園という私立の学校法人である。この学園には、幼稚園・小学校・中学校・高等専修学校が含まれていた。そして最大の特徴は、幼稚園から高等専修学校まで健常児と共に自閉症児を受け入れ混合教育をしていることだ。

障害者の権利を語るときに、ノーマライゼーションという言葉が使われる。これは、障害者が障害ゆえに不利益を被ることなく、健常者と同じような社会生活を送れるように社会基盤を整えていく思想である。

そして教育においてはインクルーシブ教育という理念が重要になる。これは、健常児と障害児を分け隔てなく共に教育をおこなっていく考え方だ。これによってノーマライゼーションが実現化していくことになる。

武蔵野東学園は混合教育という言葉を使ってインクルーシブ教育を実践していた。自閉症児と健常児が共に学ぶことで、健常児は共生を通じて心の教育を受けることになり、自閉症児は健常児から刺激をもらい、社会的な自立に向けた障害児教育を受けることになる。そしてこの学園の敷地内には教育センターと呼ばれる療育施設があった。

母は自閉症に関する情報を集めるうちに、武蔵野東学園が自閉症の家族にとって憧れのような存在であることを知った。そして梅ヶ丘病院と同時にここでも療育を受けることを決断した。週に1回、武蔵野東教育センターに通うようになったため、勇ちゃんは合計で週に2回、2ヵ所の療育を経験することになる。

保育園にだけ行っていた頃、母は孤独だった。障害児は我が子だけで、あとは全員が健常児だった。自閉症の子を持つ親の気持ちは、当人でなければ分かるものではない。それが、梅ヶ丘病院と武蔵野東教育センターに通うようになってから、話が通じ合うママ友が一気に増えた。いや、全員が仲間だった。

将来の不安や小学校をどう選ぶかなどをみんなでいつまでも語り合った。同じ悩みを持つ母親同士なので、お互いに気持ちが通じ合い、気持ちがほぐれて楽になった。

「ああ、やっと自分の居場所を見つけた。ここに来てよかった」

母はつくづくそう思った。ストレスが発散できて、療育に行くのが楽しみになった。

②ジェットタオルという難関

療育に通ううちに、二つの施設は療育方針がかなり違うことが分かってきた。梅ヶ丘病院はのんびり、ゆったりで、子どもの特性を丁寧にすくい取っていく方針。武蔵野東教育センターは、子どもの社会性や自立を促していく厳しい療育の方針を取っていた。

母は勇ちゃんの自閉症の診断が確定したあと、あれこれと後悔の念に苛まれていた。妊娠に至るまで不妊治療をくり返していたため、それが原因かもしれないと考えた。また、妊娠が分かる前に会社の忘年会でお酒を飲んだことが原因かもしれないと悩んだ。さらには、児頭骨盤不均衡でX線写真を撮ったことが自閉症の原因なのではないかと疑った。

しかしそんなことを考えても何の意味もなかった。

「いつまでもくよくよと障害を嘆いても仕方がない。ハンディキャップのある子を生んでしまったのは私の責任。それならば一つでも多くこの子にできることをして、健常児に近づけなくてはいけない」

梅ヶ丘病院の療育は無料だったが、武蔵野東教育センターはそうではなかった。一つのプログラムが何万円と決まっており、それをいくつも取ると月に10万円近い金額になった。自分が働いているのは、すべて療育のため。母はそんな気合いで仕事と療育に没頭した。

　自閉症児には聴覚過敏の子が多い。勇ちゃんもそうだった。家電の音に反応してパニックを起こすことがたびたびあった。特に勇ちゃんは、公衆トイレに設置してあるジェットタオルのブーンという音を非常に嫌がった。武蔵野東教育センターにはジェットタオルが設置されており、音に慣らす訓練がおこなわれていた。

　母にはそういうトレーニングが必要なのか疑問だった。しかし療育の一環としておこなわれているので、それを見守ることにした。ところが勇ちゃんは強い拒否反応を見せた。無理にジェットタオルの下に手を持っていかれることをひどく嫌い、しまいには教育センターの建物の入り口に来ると体を強ばらせるようになってしまった。建物に入って療育が始まっても、排尿は断固として我慢しトイレに行かなかった。

　梅ヶ丘病院の診察の日に母はＩ先生に相談した。

「うちの子はジェットタオルの音を嫌がるんです。生活していく上でとても不便で、将来これでは困ります。今のうちに練習して慣れさせたいんです。どうしたら使えるようになるでしょうか？」

　すると医師は大きな声でさえぎった。

「お母さん！　そんなことをしていると将来、二次障害になりますよ！　二次障害を起こしてここの病院に入院することになりますよ。二次障害で苦しんでいる子どもがたくさんいるんです。今すぐにそんな練習はやめて下さい。ジェットタオルのない公衆トイレだってあるんだから、『ジェットタオルのないトイレマップ』を作ってそこを利用すればいいんです。

それから勇ちゃんは障害児なんだから堂々と障害者用のトイレを使って下さい。そこならば、突然誰かが入ってきてジェットタオルを使うことはないでしょう。お子さんだって安心しておしっこができるはずです」

母にとって医師の言葉は重かった。二次障害とは、もとの障害（勇ちゃんの場合はもちろん自閉症）に適切に対応しないため、ストレスが高まって、腹痛や頭痛の身体症状が出たり、うつ病・強迫性障害などの心の障害をきたしたり、不登校・引きこもり・家庭内暴力・自殺・犯罪などの問題行動につながっていくことである。

二次障害という言葉は母にはショックだった。

母は早速、町を散策して『ジェットタオルのないトイレマップ』を作った。駅のトイレ、デパートのトイレ、ファミリーレストランのトイレ。地図を常に持ち歩いて母は勇ちゃんをジェットタオルのないトイレに連れていった。こうすることで、勇ちゃんは外出時に排尿を我慢することなく、公衆トイレを使えるようになった。

そのうちに、武蔵野東教育センターには比較的軽度の障害児が多いこと、梅ヶ丘病院には軽度の子に加えてかなり重度の子が多いことに母は気が付いた。障害の程度が軽い子を見ると、母はどうしても勇ちゃんと比べてしまう。あの子ができてなんでうちの子ができないんだという気持ちが母を苦しめた。武蔵野東教育センターには話ができる子もいたが、勇ちゃんは一言も言葉を発しなかった。それでも同じ障害児の親同士、ざっくばらんに話ができた。

多くの障害児に触れ合ううちに、勇ちゃんとは比べものにならない程重度の子もいることも知った。そういう子を見ると、うちはこのくらいでよかったと安堵する。これでも幸せな方なんだと自分に言い聞かせる。しかしやはり言葉を喋る子を見ると、母はどうしても落胆し、うらやましいという思いがもたげてくるのだった。

③暴れる

自閉症という言葉から、私たちは、自分の内側に閉じこもってじっとしている障害みたいに感じてしまいがちである。しかしこれは間違っている。多動も自閉症の特徴の一つである。勇ちゃんもそうだった。外出時に突然奇声を発したり、走り出したりすることがあった。そういうとき、母には世間の目が冷たく突き刺さることがあった。見た目の風貌に異常がない勇ちゃんは、下手をすると、単にしつけができていないわがままな子に映った。

勇ちゃんの激しい動きは家の中ではさらに顕著だった。いったん動き始めると終わりがなかった。

勇ちゃんはソファーに上り、飛び上がって床に着地する。ドスン！　またソファーに上り、飛び上がって床に着地する。ドスン！　これをくり返す。いつまでも延々とジャンプをくり返す。母や祖母がいくら言ってもやめない。何度でもジャンプをした。ドスン！　ドスン！　ドスン！　という音がいつまでもやまなかった。

この頃、母子は賃貸マンションに住んでいたのでジャンプの騒音が心配だった。だからフローリングの床にベッドのマットを敷いて少しでも音を和らげた。

また勇ちゃんは気に入らないことがあるとパニックを起こした。理由が分からないパニックもよくあった。パニックを起こした勇ちゃんは、部屋の中で大暴れした。大声で奇声を発し、腕を振り回し、手当たり次第物を投げ、壁や床に頭をゴツン、ゴツンと打ちつけ、ソファーに駆け上がって転げ落ち、自分の腕を噛み、絶叫しながら走り回った。これが10分も20分も続く。母の忍耐は限界に達する。感情的になり思わず手が出る。

ところが叩かれても勇ちゃんは泣かない。母が怒っているという意味が分からないからだ。相手の心を理解できないのだ。泣かない勇ちゃんを見ると、母はますます感情的になった。さらに叩く。でも泣かない。さらに叩く。そしてようやく勇ちゃんが叫びながら大粒の涙を見せると、母の感情の高ぶりは収まった。

これじゃあ、虐待じゃないか。母は自分を責めた。涙が溢れた。

しかし勇ちゃんのパニックは毎日のように起きた。これが一生続くのかと思うと、母は絶望的な気持ちにさえなった。未来に展望を描くことができず、気持ちが重く塞いだ。この世から消えていなくなりたいと思った。親子一緒に。

階下の住人からはくり返し苦情が来た。やがてそれは「静かにしろ!」という貼り紙に変わった。玄関のドアに貼られた警告を見て、母は恐怖を感じた。殺されかねないと思った。管理人に相談したが、「当事者同士で解決して下さい」と言われた。転居するしか解決の手段はなく、結局、母子はそのマンションを離れることになる。

母は精神科を受診した。医師は「軽いうつ状態ですね」と慰め、抗うつ剤を処方してくれた。その薬はあまり効かなかった。

④ 実父との葛藤

療育仲間の母親には、人間関係で悩んでいる人がいた。自閉症の子どもが生まれたことで、夫から「お前の育て方が悪いんだ。だから自閉症になったんだ」と責められる母親がいた。また姑から「うちの血筋にはこんな子はいません。自閉症はあなたの血筋です」と詰《なじ》られた母親もいた。世代的に、姑の年齢の人には自閉症の知識がない。いや、間違った知識を持っている人が多い。冷たい母親から自閉症の子が育つという冷蔵庫マザーのような迷信を信じている人もいた。家族関係がギスギスとして、事実上家庭が崩壊していたり、離婚に追い込まれたりしていた母親もいた。

そういう話を聞いて、母は自分が幸福なのか不幸なのかよく分からなかった。シングルマザーなので、夫に頼ることができない。しかし夫に詰られることはない。夫がいなければ姑も小姑もいないので、雑音が耳に入ってくることはない。そういう部分は気が楽だと思えた。

しかし自分の親に助けを求めることができたかと言えば、それはまったく違っていた。母の父親（勇ちゃんの祖父なので、以下、祖父と記載）は、難しい人だった。昭和9年生まれの祖父は頑固な人で、自分の生活ペースを頑なに守る人だった。そのペースを乱されると祖母に向かって怒鳴るような人だった。

祖母に言わせれば、祖父は自閉的な性格の持ち主である。日曜日の朝に遅い朝食を食べても、昼12時にきっちりと昼食が用意されていないと、祖母が家事でどんなに忙しくても腹を立てる人だった。自分が決めたスケジュールを絶対に崩されたくないのだ。

母から見ると、祖父は子ども嫌いに見える。祖父母の家は母のマンションからさほど遠くないが、勇ちゃんが生まれたすぐあとも、母子はあまり遊びに行かなかった。たまに行っても祖父は孫を可愛がるということを一切しなかった。テレビのチャンネルを幼児用の番組に合わすなどということは絶対にしない。

勇ちゃんに自閉症の診断が下ったときも、母を慰めることはしなかった。ただこう言った。

「墓守なのに難儀な子を生んだな」

自閉症に対する理解はまったくなく、目の前で勇ちゃんがパニックを起こせば、「静かにしろ！　うるさい！」と怒鳴りつけた。追い詰められている母の気持ちを察してくれなかった。この祖父の態度はある意味、年々ひどくなり、歳を取るごとにますます頑固になり、騒ぐ勇ちゃんに対してはさらに許そうとしなくなっていった。母が勇ちゃんと一緒に実家に行くと、祖父はスポーツクラブに出かけてしまうような有り様だった。

勇ちゃんの食物アレルギーに対しても無理解だった。卵と乳製品を完全除去していた勇ちゃんの目の前で、祖父はソフトクリームをムシャムシャと食べた。母はその祖父の神経が信じられなかった。怒りを通り越して呆れるよりほかなかった。

一方で、祖母は勇ちゃんを可愛がった。自閉症という障害を理解していたかというと母には疑問である。やはり祖母には母性があったのだろう。たとえ障害児でも祖母にとって勇ちゃんは可愛い孫だった。自閉症であるかどうかは関係がなかったのである。

結局この時期、母は精神的に追い詰められても親にＳＯＳを出すことはできなかった。

一番頼りになったのは、やはり療育仲間の母親たちだった。また母はストレスを肥大化させないようにパソコンに日記を打ち込んだ。不安と苛立ちの炎を文字で消すように。

その分量は、Ａ４の紙で２６５９ページになった。

3章 保育園という苦しみ

①健常児を見るのがつらい

健常児を見ることは母にとって大きな負担になった。勇ちゃんと健常児はあまりにも違った。健常児を見て、うらやましいという思いは、妬ましいに変化し、それが憎たらしいにまでエスカレートしそうになった。

自分は自閉症という障害を受け入れたはずだった。しかし保育園で健常児と我が子を比較してしまうことを母はやめられなかった。それが大きなストレスになった。

ママ友との会話はしだいに嚙み合わなくなってきた。

「うちの子、お姉ちゃんの真似ばっかりして困っちゃうの」

そう言われると母は心の中で呟いた。

「何でそれが困るの？ 人の真似をするということは人に関心がある証拠。うちの子は、人に関心を持たないから真似なんて全然できない」

また、こういうママ友もいた。

「最近、汚い言葉を覚えてしまって、そんな言葉ばかり言うのよ」

母は黙ってこう思った。

「汚い言葉だって出るだけマシ。うちの子は一言も喋らない……」

食べ物に関して好き嫌いを嘆く親もいた。しかし母から見ればそんなことは贅沢な悩みのうちだった。

「うちの勇ちゃんは、食物アレルギーで卵や牛乳が少しでも入っていたらダメ。それこそ命がけで食事をしている。その上、味覚が異常に過敏で度を越えた偏食。納豆とシュウマイしか食べない。好き嫌いなんてもんじゃないわ」

また自分の子が描いた絵を自慢する親もいた。いや、自慢ではなく単に事実を伝えただけなのかもしれないが、母にはそれが自慢に感じられた。勇ちゃんはまともにお絵かきができなかった。

ママ友との会話はつらいものに変化していった。週に2回療育へ行くときだけが心が解放される時間だった。健常児のママの存在も、健常児の存在も母にはうっとうしいものでしかなかった。

抗うつ剤は効果がなかった。母の気分は沈み、憂うつな時間が長くなり、何かのきっかけですぐに涙が流れた。しだいに気力が湧かなくなっていくことが自分ではっきりと分かった。

②玄関にうずくまる

朝8時に勇ちゃんを保育園に置いてくる。玄関で勇ちゃんを保育士に預ける。夕方5時に迎えに行くと、勇ちゃんは玄関にうずくまっていた。担任の保育士から、「今日も保育室に入れず朝からずっとここにいます」と言われた。その言葉に母は凍りつく思いだった。

この頃、母は幼児教室で幼い子どもたちに指導する仕事をしていた。自分が会社に行っていろいろな人に会い、または仕事の関係で多くの訪問先で人と会話し、そしてランチを食べて、変化のある一日を過ごしている。ところが息子は朝からずっとここにいる。なんて不憫《ふびん》なんだろうか。そう思うと母は胸が締めつけられる思いだった。仕事に出かけるのは気分転換にならなかった。園での勇ちゃんの様子がどうしても気になった。

保育園にはライブカメラが設置されていた。無線で保護者のパソコンに園内の様子が映し出され、カメラの向きも遠隔操作できる最新システムを取っていた。母はこのライブカメラを見ることにした。仕事の合間に何度も画面に目をやった。

するとあるときは、やはり一日中玄関で勇ちゃんはうずくまっていた。またあるときは、保育室に入ってもほかの子と交わっていなかった。みんなが整列して歌を歌っていても、勇ちゃんは寝そべって絵本を広げていた。また、みんなが椅子に座って担任の話を聞いているときに、勇ちゃんは部屋の中を歩き回っていた。

母は情けなくなった。とても見ていられなかった。ところが目はパソコンの画面に行ってしまう。勇ちゃんの様子が気になって、カメラを切り替え、どこに息子がいるのかを探し、その様子を見続けた。そして落胆することのくり返しだった。

母は勇ちゃんのお迎えの時間がしだいに苦痛になっていった。園に向かうと胸がザワザワする。もし、保育士から「今日も保育室に入れませんでした」と言われたらどうしよう……「また集団行動が取れませんでした」と報告されたらどうしようと思うと、園に足を踏み入れることすら恐怖になった。保育士からそんなことを言われないで済むようにと祈りながら、母はパソコンの画面を食い入るように見つめた。

勇ちゃんと健常児を比べることはどうしてもやめられなかった。ダメとは分かっていてもやめられなかった。仕事中でも同じだった。幼児教室に通ってくる子どもたちを見ると、なんてちゃんとしているのだろうと思わず息子と比べていた。

自分は勇ちゃんにあれほど、胎教から始めて英才教育を施したのに自閉症が明らかになってしまい、ごく普通に、あるいは適当に育てられてきた子どもの方はまったくの健常児として勉強をしている。なんていう皮肉な運命なのだろうかと母の気持ちはますます沈んだ。

③自閉症と公表する

母が自閉症という診断名を受け入れたときは、すでに勇ちゃんが保育園に入って1年近くが経っていた。園に自閉症という言葉を伝えるかどうか母は迷った。一番怖かったのは、自閉症と伝えることで保育を断られることだった。実際そういう例があると療育のママ友から聞いていた。もう一つの心配は、この子は自閉症だからという理由で一定のフレームの中に押し込まれてしまい、伸びるものも伸びなくなってしまうのではないかということだった。

実際、勇ちゃん程ではないにしても、落ち着きのない子はどこにでもいる。単なる個性としてやり過ごしてしまおうかとも考えた。でも本当にそれでいいのだろうか。障害のことを伝えなければ、自分はしつけがなってない母親だと園から批判されるかもしれない。勇ちゃんは行儀の悪いダメな子と決めつけられるかもしれない。そんな保育園生活はつまらないだろう。それならば正直に言おう。

そして言うのであれば、自閉症児とどう接すればいいか、分かりやすく伝えようと考えた。自閉症のすべてを伝えることなどはとてもできない。伝えたところで、自閉症には一人ひとり個性があるので、当てはまることとそうでないことがある。だから教科書みたいな説明は意味をなさない。勇ちゃんの自閉症を一番よく知っているのは自分なのだからと、自分の実体験に基づいて最も肝心な点を整理した。

母は次の4点を診断名と共に園に伝えた。

- タオルケット

　昼寝用のタオルケットは精神安定剤になります。昼寝以外のときでもタオルケットに触れさせると落ち着きます。

- パニック

　時にパニックを起こします。感覚過敏があり、パニックのときに背中を触られるとさらに増強します。パニックになったときは構わずに放っておいて下さい。

- 着席

目の前に興味を惹くことがない限り、長時間座っていることは難しいです。短時間の着席でよしとして下さい。

・予定や行事の変更

いつもの流れと違うことが起きると不安定になります。急な変更はしないで、前もって本人にくり返し説明して、覚悟をさせておいて下さい。

母の心配は杞憂に過ぎなかった。園は自閉症児としての勇ちゃんを受け入れてくれた。園の次は保護者である。保護者に対しても自閉症であることを公表しなければ、トラブルになる可能性がある。自分が非難されるかもしれないし、勇ちゃんもいじめに遭うかもしれない。多くの保護者に理解してもらえれば、勇ちゃんは周囲から守ってもらえる可能性がある。

母は障害を恥ずかしいという感覚で捉えることはあまりなかった。そういう意味では我が子の障害を話すことに抵抗は少なかった。要は、公表した方が自分や勇ちゃんに有利なのか、それとも黙っていて不利益を被るのか、その観点から公表することにした。

ただ園には保護者会のようなものはなかった。そこで、送迎時に顔を合わせるママ友たちに語りかけた。

「うちの子、実は自閉症なんです。いろいろと変わったところもあってご迷惑をおかけしますが、どうぞよろしくお願いします」と母は頭を下げた。

ほとんどの保護者が好意的だった。

「協力できることがあったら何でも言ってね。応援しているよ」と言ってくれた人もいて、その人とはさらに仲がよくなった。

中には「それってうつ病みたいなものなんでしょ？　治療すればよくなるんでしょ？」とか、「愛情不足が原因じゃない？　もっと抱っこしてあげれば？」と、間違った知識で気を使ってくれる人もいた。そういうママ友には、自閉症とは先天性の脳の障害で一生治ることはないことを説明した。

一人こういう人がいた。

ある母親は、「障害がある子とは関わらせたくないわ」と露骨に迷惑顔をした。こういう人はうちには縁のない人と考え、母は付き合いをやめた。

結局のところ、障害の公表をしてもデメリットは何もなかった。大事なことは隠すことではなく、ＳＯＳを出すことだと母は知った。しかしこの時点で母は本当の意味でまだ障害の受容ができていなかった。そのことはすぐに自分で分かった。

自閉症のことを伝えたあと、園は、「勇ちゃんは椅子に座ってなくていい」「部屋から脱走してもいい」「オムツが取れなくてもいい」と特別に配慮してくれた。配慮してもらうために園に障害のことを伝えたのだ。ところが母は、「息子はダメな子だから特別に扱われているんだ」とマイナスに受け取ってしまった。完全な被害妄想だった。感謝をすることができない自分に母はさらに落ち込んだ。

④このまま見つからなければいい

ある日、年長になっていた勇ちゃんを連れて、母は渋谷の大型家電量販店へ買い物に行った。4階建ての大きな建物である。二人は4階のフロアにいた。買い物客の数も多かった。母はこういうとき、品物を見ながら常に勇ちゃんに注意を払う。自分としては、横にも後ろにも目を配っているつもりだ。ところがこの日、母は勇ちゃんを見失った。

「勇ちゃーん、勇ちゃーん！」

母は名を呼んだ。しかし勇ちゃんは発語できないので、返事をすることはない。自分の目で見つけなければならない。勇ちゃんとはぐれたことは、これまでにも何度もあった。しかし勇ちゃんは必ず同じフロアで見つかった。階段やエスカレーターを使う子ではなかった。違う階へ行ってはいけないという判断はできるようであった。

母は4階のフロアを隅々まで探した。しかしどうしても見つけることができない。母は意を決して3階に下りた。そこでも勇ちゃんの名を呼び、フロア内を走り回った。やはりいなかった。

母の心の中で焦りの気持ちが湧いてくる。2階のフロア、1階のフロアを探す。やはりいない。もしかして上の階にいるのを見落としたのか。いや、外に出てしまったのかもしれない。そう思うと心臓がドキドキした。

自閉症の子は、車が行き交う道路の危険性が分からない。これまでも赤信号にもかかわらず鳩に目を奪われて横断歩道に飛び出してしまったことがあった。そのときは、母は思わず手を上げてしまった。赤信号の意味を分からせなければいけないと思ったのだった。通行人から「あの親、虐待だ！」という声が聞こえた。母は不快な気持ちになり、勇ちゃんの腕を引いて歩道に引き戻した。

もし建物の外に出てパニックになってしまったら、車道に飛び出してしまうかもしれない。そうでなくても、迷子センターに保護されたりしたら、それも怖かった。そういうところでは子どもを落ち着かせるためにお菓子などが渡されるからだ。たいていのお菓子は卵や乳の成分を含んでいる。一口でも口にすればアナフィラキシーショックを起こす危険がある。食品売り場を歩いているとき、ふと気付くと勇ちゃんが禁止成分を含んだ試食品を手にしていることがあった。いつの間にか、販売員から手渡されているのだ。そういうとき、母は血相を変えて勇ちゃんの手から試食品を払い落とした。しかし勇ちゃん自身は何を食べると危険かは分かっていない。勇ちゃんは一人にしてはいけない子なのである。

母は店を出た。そこは渋谷の雑踏だった。人の波で道路が溢れていた。

「この中から探し出さなければならない」

そう思うと、母の気力は急激に失われた。目まいを起こしそうだった。不安なこと、不吉なこと、最悪なことを考えて頭が一杯になった。

そのとき、ある一つの思いが胸の中を黒い雲のように広がった。

「このまま見つからなければいい……」

その瞬間、母の目に交差点の手前で泣き叫ぶ勇ちゃんの姿が飛び込んできた。通りがかりの女性が勇ちゃんに声をかけているところだった。

母は勇ちゃんに駆け寄った。

「うちの子です！」

そう叫んで女性に礼を言った。泣きわめいていた勇ちゃんは、母を見て泣き止んだ。しかし、母に抱きついてくるようなことはなかった。

母にとってこの頃の日常は、緊張の連続だった。

その後も、健常な子どもと我が子を比べることは依然としてやめることができなかった。その上、自分は比べているくせに、保育士やママ友に対しては、「お宅の健常な子どもをうちのような障害児と比べないで！」と理不尽な思いに取りつかれていた。結局のちになって振り返ってみると、保育園時代が母には最もつらい時期だった。それはもちろんいい保育士に巡り会えなかったという話ではない。多くの健常児の中に勇ちゃんが一人ポツンと放り込まれ、健常児と障害児のコントラストを母はイヤというほど見せつけられたからだ。

そしてこの時期、母は将来に対する不安で心が一杯だった。療育施設には同じ境遇の母親たちがたくさんいたが、彼女たちもやはり将来が見通せていなかった。確かに自分の居場所を見つけたという感覚にはなったものの、みんなで肩を寄せ合って不安に耐えているという状態だった。

母が本当の意味で勇ちゃんの自閉症を受容し、前を向いて生きていくのはもう少しあとのことになる。

4章　親の会との出会い

①療育手帳を取得する

将来に対する大きな不安には、療育を受けている障害児が同年齢の子どもたちばかりだったという要因もあった。同年齢の子どもの親だけではなく、もっと先輩の母親の話も聞いてみたい。そう思って母は、パソコンの検索サイトに『自閉症の子を持つ親』と入力してみた。すると東京都自閉症協会に行き当たった。迷わず入会し、早速家族会に参加した。

建物の一室に入ってみると、そこには幼児から大人までの自閉症の子を育てる親たちがいた。中には子どもが40歳代で親が70歳代という人もいた。保護者たちの知識は豊富で学べることがたくさんあった。母は、先輩の母親たちと積極的に交流しようと心がけた。会が終わっても食事会の機会を持って、いろいろな情報を受け取った。今のことだけを考えるのではなく、将来を見通したアドバイスももらうことができた。

最初のアドバイスは療育手帳を取得することだった。

「まだ持っていないの？　手帳をできるだけ早く取りなさい。児童相談所で予約できるから。予約しても検査は半年から1年先になるから早く行動しなさい」

療育手帳はIQ70～75以下（自治体によって異なる）の知的障害児に対する証明書である。東京都では、障害の程度に応じて1度（最重度）から4度（軽度）に分類される。

母は手帳の存在は何となく知っていたが積極的に取得しようとは思っていなかった。また、保護者によっては、手帳を取得することで「障害児というレッテルを貼られる」とか、「まだ伸びる可能性があるのにそれを諦めてしまう」と拒否反応を示す人がいることも母は知っていた。

実は、勇ちゃんが手帳を取得できるか難しいのではと母は思っていた。区の児童相談所に行き、検査を受けた。結果を聞きにいくと、3度（中度）の判定だった。これは母には驚きだった。そんなに重いとは全然思っていなかったのだ。手帳を取得するために出かけていったのに、ショックを受けた母は泣きながら帰り道を歩いた。

それから療育手帳を常に携行するようになる。しかし使うことに非常に強いためらいがあった。

療育手帳があると、特別児童扶養手当の支給があったり、税の控除が受けられるほか、電車やバス、タクシーなどの乗車料金が割引される。従って電車やバスに乗るときに療育手帳を提示するのだが、母はそれに強い抵抗を感じた。手帳を見せているときに、周囲から「あの子は障害児だ」と見られているような気がした。

恥ずかしいという感覚とは少し違う。「こんな障害を持った状態で生んでごめんね」と、我が子に対して申し訳ない気持ちで情けなくなってしまうのだった。また、家族旅行のときに療育手帳を交通機関で使うと、祖父が「みっともないから、そんなものは見せるな！」と怒鳴るのも気が重かった。

②　一人ぼっちじゃない

勇ちゃんは5歳になっても手先が不器用で、箸などの道具が使いこなせず手づかみで食事を食べることも多かった。母はそのことを深刻に悩んでいた。そこで親の会で相談した。

ベテランの母親は泰然としていた。

「あなた知っている？　世界の半数以上の国が食事を手で食べる文化なのよ。神聖な食べ物は、道具を使うより手で食べた方がいいと考えられている国だってある。手をきれいに洗っていれば、手で食べたって何も問題ないんじゃない？　自閉症の子で大きくなっても手づかみしている人はほとんどいないから、勇ちゃんだって何年かすれば道具を使えるようになるかもしれないよ」

　このアドバイスに母は驚いた。

「そういうふうに考えることもできるんだ……」

　母は今の勇ちゃんしか見ていなかった。未来への展望が見えていなかった。だけどベテランの母親はたくさんの自閉症の子どもも大人も見ている。だからいずれ道具を使えるようになると知っているのだ。そして発想が柔らかい。「手づかみでどこがいけない？」という言い方は、ちょっとした衝撃だった。

　また別の母親には、勇ちゃんの保育園での写真を見せた。健常児が横一列にきれいに整列して歌を歌っている。勇ちゃんは後ろの方の床で絵本を広げている。

「こんなふうに、うちの子はみんなと一緒に歌ったり、集団行動が取れないのよ」

　母は嘆くように相談を持ちかけた。

　実はその母親は、自身がアスペルガー症候群だった。くり返すが、アスペルガー症候群とは、知能が正常な自閉症である。従って勇ちゃんの気持ちが分かる。分かってそれを言葉で伝えてくれる。

「この一列に並んでいる子たち、本当に不思議ねえ。どうして同じ格好をして歌っているのかしら？　後ろで本を読んでいる方がよっぽど楽しいのに」

この言葉も母には衝撃だった。

そうか、自分は健常者の視点でしか、我が子の世界を見ていなかったのか。自閉症の子どもの世界とは一体どういうものなのか、母にはまだよく分からなかった。しかしもっと理解しなければいけないと思った。考え方を少しでも軌道修正しようと決意した。

親の会からはいくらでも情報を得ることができた。こういうことで困っていると誰かが言うと、うちではこうしているという答えが必ず返ってきた。

「ああ、私だけじゃないんだ。私は一人ぼっちじゃないんだ」と母は心底安堵した。

③子どもを精神科病院に入れた親

ある日の親の会で、ベテランの母親が話しかけてきた。勇ちゃんの年齢を聞いたその母親は感嘆して言った。

「まあ、まだ幼児なのね。2歳で自閉症って診断されたなんてとてもラッキーね」

「そうなんでしょうか？」

「私は子どもの障害に気付くことが遅れてしまったの。気付いてからもどうしても障害を認めることができなかったの。できるだけみんなと同じようになって欲しいと思って無理をさせたのよ」

「どういうふうにですか？」

「『どうしてお友だちにできることが、あなたはできないの！』っていつも叱っていた。責め続けていたわ。小学生になっていじめにも遭って、担任からもダメな子扱いをされた。そして今は17歳」

「お子さんは、今はどうなさっているんですか？」

「自殺願望が止められないの。家族で監視することがもう限界に達して、今は精神科病院に入院させているのよ」

「そんな……」

母は背筋が凍る思いだった。

「子どもが私を詰るの。『何で僕の人生はこんなにつらいんだ。生きていて楽しいなんて思ったことは一度もない。何でお母さんは僕を生んだんだ！』って……」

母は何も言えなかった。その母親は最後に一つの忠告を与えてくれた。

「将来うちの子みたいに二次障害を起こさないようにしてね。お子さんの特性にあった子育てをするのよ」

またも二次障害という言葉が出てきた。しかし今度の言葉はリアルだった。

④鉄格子の奥の少年

冬の初めのある日、梅ヶ丘病院の中庭は落葉で赤くなっていた。勇ちゃんは年長さんになっていた。療育を受けるために、いつものように母と子は中庭を突っ切っていた。その日は時間より少し早く着いたため、ゆっくりと歩いていた。母は何気なく白い外壁の入院病棟に目をやった。大きな窓を見て、ギクッとなった。窓の内側に鉄格子がはめられていたからだ。

そっと窓に近寄ってみる。白い部屋の中に、窓を背にして身長が１４０センチメートルくらいの男の子がパジャマを着て突っ立っている。小学４年生くらいだろうか。そして、椅子やベッドからベルトがぶら下がっているのが見えた。これは身体拘束をする抑制帯ではないだろうか。息が詰まりそうになった。

その子が一体何の病気で入院しているかは分からない。児童精神科病院だから、発達障害だけでなく、統合失調症などの精神疾患の子も入院しているはずである。でももしかしたら、自閉症の二次障害かもしれない。

I先生の言葉が蘇る。無理にジェットタオルを使わせると二次障害を起こして入院することになってしまうかもしれないと。また、親の会で話題に上がっていた自殺企図やうつ病の二次障害の子どもたちは、ほとんど全員が梅ヶ丘病院を入院先にしていた。

鉄格子がはめられ、ベルトの付いたベッドがある病室に入院する子どもの親はどんな気持ちなんだろうかと、母は胸が痛くなった。勇ちゃんがこの部屋に入ってベッドに縛られている姿が映像として脳裏に浮かんだ。それは人としての尊厳がなく、みじめで、悲しい姿だった。

人から１００回言われるより、鉄格子の向こうに佇む少年の姿に強い衝撃を受けた。そして、「今、勇ちゃんに無理をさせるとI先生の言うとおり、将来ここに入院することになるかもしれない」と恐怖を感じた。「いくらがんばっても健常児にはならないのだから過度な期待はやめよう」と一気に目が覚めた。

二次障害で苦しむ子の姿が具体的に浮かび上がり、母は考え方を変えた。

「今の苦しみなんて大したことではない。パニックを起こして自分の腕を嚙むくらいは大変なうちに入らない。ちっぽけなことだ。障害を克服させようなんて言っている場合じゃないんだ。子どもを変えるんじゃなくて、親である自分が変わらないといけないんだ。そうしないと、将来、もっと恐ろしいことがやってくるんだ」

この体験は、母にとって真の意味での受容のきっかけになった。現実を認めなければ、もっと悲惨なことになるという未来を突きつけられて、ある意味、母は受容に向かって前に進んでいく以外に道がなかったのだ。それはのちになって考えればとても幸運だったと言える。

母はその日を境に勇ちゃんを叱るのをやめた。勇ちゃんの多動やパニックや協調しない行動を理解しようとした。この子の世界を否定してはいけない。この子はこの子の世界の中で生きている。それを丸ごと認めてあげないと、勇ちゃんはさらに心の悲鳴を上げる。だから母は思った。勇ちゃんのあるがままを受け入れようと。

5章 絶対音感の子

①サヴァン症候群

映画『レインマン』は、自分の欲に率直に生きる弟と、自閉症の兄の心の交流を描いたヒューマンドラマである。見所は何と言っても自閉症の兄を演じるダスティン・ホフマンの演技である。兄は、「人間に関心がない」「決まった生活パターンを守る」「身に着ける物の種類にこだわりを持つ」「他人から触れられるのを嫌う」といった典型的な自閉症の特徴を持っている。

そして彼には特殊な才能がある。「電話帳を暗記してしまう記憶力」「一瞬で床にばらまかれた爪楊枝の数を数えてしまう計算力」「複雑な計算を瞬時におこなう暗算力」「精緻な絵を描く絵画力」である。ところが彼は、買い物をする計算力がない。お金の価値も分からない。映画の見せ場は、ラスベガスのカジノでトランプの数字を全部暗記してしまいカードゲームで勝ちまくり大金をつかむシーンである。

知的障害や自閉症がある人が、こうした暗記力・計算力・絵画力を示したり、あるいは音楽に才能を発揮したりすることをサヴァン症候群という。「サヴァン」はフランス語で学者という意味である。知的障害者がなぜこうした才能を発揮するかは現在でも不明である。しかしサヴァン症候群の存在はかなり以前から知られていた。

ノーベル文学賞作家の大江健三郎の子ども、大江光《ひかり》は脳瘤《のうりゅう》という先天異常を持って生まれた。後頭部の骨が欠損し脳がはみ出てしまう疾患である。手術によって命を取り留めたが彼は知的障害者として生きることになった。大江光は子どもの頃から音に敏感だった。野鳥の声を聞き分けたり、クラシック音楽に強い関心を持ったりした。11歳でピアノを始め、13歳で作曲を始めた。日本ゴールドディスク大賞と日本アカデミー賞優秀音楽賞を受賞した彼はサヴァン症候群だったのである。

②ヴィヴァルディの「四季」

勇ちゃんの自閉症を認めつつも、まだ完全には受容しきっていなかったとき、母はあるテレビ番組に釘付けになった。そこにはピアノを弾きこなす大江光の姿があった。母は思わず、「これだ！」と思った。

「自閉症の我が子にもきっと何か秘めた才能があるはず。それを見つけて伸ばしてやることが親の愛だ」

自分の子どもを肯定したい。人から認められる何か有能なものを見つけたい。それが音楽なのではないかと母は考えた。それには理由があった。

母はお腹の中の勇ちゃんに胎教としてヴィヴァルディの「四季」をくり返し聴かせていた。生まれたすぐあともそうだった。ところが生後3カ月の頃、CDを破損してしまう。そこで新たにCDを買い求め、また「四季」を聴かせるようになった。ただ演奏するオーケストラは別だった。「四季」が流れて曲が進んでいき、バイオリンがメインの箇所になると勇ちゃんは火が付いたように泣き出した。

最初母は同じ箇所で勇ちゃんが泣いているとは気付かなかった。泣くたびにオムツを替え、ミルクを飲ませ、抱っこしてあやした。しかしその大泣きは必ず「四季」の途中でやってきた。

母は「もしや」と思い、以前に聴いていたものと同じCDを探し求め購入した。すると、例の箇所で泣くのがピタリと止まった。0歳児がバイオリンの音を聞き分けて、なおかつ自分の好みを主張していたのだ。

このときはまだ自閉症を疑うような月齢ではなかった。ただ、勇ちゃんの聴覚が優れていると母は強い印象を持ったのだった。大江光のピアノを見て、母は奮い立った。もしかしたら、勇ちゃんも音楽の才能があるかもしれない。ダメな子じゃなくて、テレビに出演できるようなスゴイ子かもしれない。

③ピアノを習う

母は日本で一番レベルの高いピアノ教室でレッスンを受けさせたいと思った。親の会で話をしてみると、勇ちゃんより4歳年上の子がピアノを習っていると知った。それは一音会という音楽教室だった。いろいろ調べてみると、一音会は子どもの音楽教育として最も優れているとの評判だと分かった。レッスン料もそれほど高くなかった。ただ難点は自宅から電車で1時間半もかかることだった。

しかし母に迷いはなかった。入会手続きをし、一音会に通うようになった。

勇ちゃんは電車に乗ることは好きだったので、車内ではおとなしくしていた。1時間半の間、ずっと窓外を眺めていた。

一音会では絶対音感の習得に力を注いでいた。絶対音感とは、ほかの音と比較しなくても、ある音を聴くとその音名が分かる能力のことである。絶対音感の持ち主は人口の

1％未満と言われる。ただし、幼児期にトレーニングをすればほとんどの子が身に付けられるという。

いったん絶対音感を身に付けると、耳にした音楽を楽譜に書き取ったり、それをそのまま演奏したりできる。プロの音楽家の全員が持っているわけではないが、子どものうちに絶対音感を習得すれば音楽の才能を伸ばしていく上で極めて有利になる。

複数の音を同時に奏でたものを和音と言う。一音会では先生がピアノで和音を弾く。その種類は14種。生徒の目の前にはそれぞれの和音に対して14色の旗が並べられている。先生が和音を弾き、生徒が旗を上げる。正解するまでくり返す。14種類を完璧に当てられるようになるまでには最低でも1年、普通は2年を要する。

勇ちゃんは教室の中でじっとしていられなかった。椅子に座ることができない。母はどうにか勇ちゃんを旗の前に座らせて和音と旗の組み合わせを覚えさせた。

母と勇ちゃんは電車で遠距離を通った。母には、勇ちゃんが楽しそうには見えなかった。元々、「自分はこうしたい」という気持ちは表出しない子である。だから逆に行きたくないという意思も示さなかった。母が音楽教室に通うというルールを作れば、それを「行くべき場所」と決めて守ろうとするのが自閉症児である勇ちゃんの行動パターンだった。

勇ちゃんはわずか2カ月で14種類の和音を完全に当てた。先生からは「これまで指導したお子さんの中で一番早くマスターしましたね！」と誉められた。母は嬉しかった。期待がいよいよ高まった。この才能を伸ばしてあげなくてはいけない！

ピアノが上達するためには、安い電子ピアノではダメだと思い、思い切ってアップライトピアノを買った。ピアノを設置する場所を確保するためにベッドを処分してピアノを置いた。音楽教室でも自宅でもピアノを弾かせ、最高の環境でピアノが上手になって欲しかった。

④鍵盤に向かわない

ところが勇ちゃんはピアノを弾くことにまったく興味を示さなかった。母が弾かせようとしても、嫌がった。一向に勇ちゃんは鍵盤に向かおうとせず、母の期待はたちまち萎《しぼ》んでいった。結局、勇ちゃんはピアノの音が好きではなかったのだ。だから自分から音を出そうとはしなかったのである。

一音会は1年後に退会した。ピアノも売却した。母は失望したというよりも、何か夢から覚めたような、そして肩から荷が下りたような気がした。確かに勇ちゃんには絶対音感という能力がある。だけどそれを使って音楽の才能を花開かせ、人前に出て賞賛を浴びるのは全然別のことだと悟った。

大江光は、能力があることと好きなことが一致して、そこから才能が開花したのだろう。自閉症の子にはかなりの割合でサヴァン症候群が合併するという説もある。しかし何か特殊な能力があったとしても、それが役立つということはほとんどないのが現実なのである。

電車に強い興味があり、膨大なデータを暗記している自閉症の子がいる。しかしその子がＪＲに就職できるかというと、それはまったく別である。就職できてもおそらく電車の運転はできないだろう。結局、ＪＲという会社の中で電車の運行と直接関係ない単純労働を任されるだけだろう。

だから、『レインマン』のようにカードを暗記することによってお金を儲けることはできない。あれは映画の中での話である。母はもう何か別のものにチャレンジしようとは思わなくなった。現実を知ってある意味諦めたのだった。

後の話になるが、勇ちゃんの聴覚の鋭さは小学生になっても持続した。カラスの鳴き声を聞き分けるのである。町の中にいるカラスは「ハシブトガラス」と「ハシボソガラス」である。勇ちゃんは図鑑でカラスの種類を覚え、鳴き声でカラスの種類を聞き分けることができた。

最後にもう一つだけ勇ちゃんのサヴァン症候群に関する話を書き加えておく。私が初めて彼に会った日、私は「２０１7年12月10日って何曜日？」と尋ねた。これは前年の私の誕生日の日付である。間髪を入れずに答えが返ってきた。

「日曜日」

正解である。これは彼が何か特殊な計算方法を使っているのではない。半年前のカレンダーを暗記しているのである。

6章　お母さんと呼ばれたい

①　喋らない

言葉が出るかどうかは、自閉症の子を持つ親にとって最も気になることである。親の会ではそのことが話題になることがあった。

ある母親が言う。

「言葉を話すことができる発達障害の子がうらやましい。私なんか愛情をかけて何年も育ててきて、療育だって何年もやっているのに、子どもの声を一度も聞いたことがない。ママと呼ばれたこともない」

違う意見もあった。

「その気持ちは分かるけど、発達障害の子は相手の気持ちが理解できないから、トラブルメーカーになる可能性もあるよ。私はそういう悩みのある母親をたくさん見てきた。喋らない方が楽かもしれないよ」

しかし、母はやはり勇ちゃんに喋って欲しかった。確かに親の会に来ている人の子で、成人に近い年齢の子の中には、まったく喋らない人もいるという。勇ちゃんが一生喋らないということもあり得ると思った。そういう将来を想像すると、それだけで悲しみがこみ上げてきた。

母は幼児教育のプロだったので、自分の子育ての際に、いわゆる幼児語を使わなかった。「ワンワン」ではなく、「犬」。「ニャンニャン」ではなく、「猫」。そして「ママ」ではなく「お母さん」。漢字カードにも「お母さん」と書いて0歳児の頃から見せている。

母は勇ちゃんに対して自分を指さし、「お母さん、お母さん」と話しかけた。しかし勇ちゃんは一向に発語しなかった。3歳になっても4歳になってもそれは同じだった。喃語《なんご》どころかまったくの無言だった。

母はもしかしたら、「お母さん」という言葉が難しいのではないかと思った。「ママ」だったら喋ってくれるのかもしれない。そう考えて主治医のM先生に相談したが、「喋らないのは自閉症だからです」ときっぱり言われた。

母はミッション系の大学を卒業しており、クリスチャンだった。勇ちゃんも生後5カ月で洗礼を受けている。母は教会に行くと必ず祈った。

「どうぞ勇ちゃんを喋るようにして下さい。勇ちゃんが食物アレルギーで死なないようにして下さい」

② 友だちに合わせる

武蔵野東教育センターではその頃、模倣のトレーニングをやっていた。先生が両手を頭の上に置く。子どもに動きを促すと健常児なら真似をして頭に手を置く。今度は先生が両手を肩に置く。子どもも真似る。こうした模倣は1歳前から見られる動作だ。私も乳児健診をするときに、10カ月を過ぎている子どもの親には「手を叩いたり、バイバイなどの物真似をしますか？」と必ず聞く。大多数の子どもができる。

勇ちゃんは先生の真似をまったくしなかった。なぜなら勇ちゃんは人に関心がないからだ。だからそもそも先生のことを見ようともしない。教育センターの先生は根気強く、頭に手を置く動作をくり返して勇ちゃんに動作を促した。

その訓練が数カ月続くうちに、徐々に勇ちゃんに変化が出てきた。少しずつであるが、勇ちゃんは先生を見るようになった。はっきりした動作ではなかったが、頭の上に手を持っていくようなしぐさも見られた。

次に先生は言葉を促した。「おはよう」と声をかける。あるいは「さようなら」と声をかける。しかし勇ちゃんは容易には喋らなかった。だが粘り強く療育を続けていく中で、先生が「おはよう」と声かけをすると、勇ちゃんは口を開き「お……」と発声した。「さようなら」に対しては「……ら」と声を出した。母は嬉しかった。これで喋れるようになるかもしれない！　しかしその後、まったく進展はなかった。

ただ、武蔵野東教育センターの療育は確かに効果があった。それは周りを見てそれに関心を持つということの進歩である。たとえばプール。プールに入る前には準備運動として全員でラジオ体操をするが、勇ちゃんはみんなに合わせて体操をするということが一切なかった。勝手にプールサイドを歩き回っていた。

ところが療育が進むに連れて、体操をおこなっているお友だちを見るようになった。以前はそこに石や草があるような反応だったが、人という存在を認識していた。そして自分も周囲に合わせて何となく体を動かすようになっていった。武蔵野東学園の療育は厳しい指導であったが、ゆっくりと結果を出していた。

③うどん屋で

ある日、母と勇ちゃんは東急百貨店のレストラン街へ食事に行った。讃岐うどん屋に入りうどんを食べた。小麦アレルギーが治っていた頃である。

食事が終わりかけてアルバイトとおぼしき店員が近寄ってきて勇ちゃんの食器に手を伸ばした。

「お下げ致します」

「まだ食べる！」

生まれて初めての言葉だった。勇ちゃんは5歳になっていた。

嬉しいを通り越して、母は気持ちが舞い上がってしまった。最初の言葉は「お母さん」ではなかった。おまけに自分に対してではなく、アルバイトの青年に対してだった。しかしそんなことはどうでもいい。いきなり二語文を喋ったことが母の心を揺さぶった。

④会話とは何か

「まだ食べる！」をきっかけに勇ちゃんがどんどん喋るようになったかというと、実はそうではない。母は勇ちゃんの言葉が増えるように懸命に会話をくり返した。

母が自分を指さし、聞く。

「これは誰？」

「……れ」

「これは、ダ・レ？」

「……だれ」

部分的なオウム返しが続いていた。お母さんとはなかなか言わなかった。

しかし半年経ち、1年経ち、言葉は少しずつ増えた。

6歳の勇ちゃんに母が自分の鼻を指して聞く。

「これは誰？」

「これはだれ」

「違うでしょ。これは誰!?」

「鼻」

会話としては成り立っていなかったが、勇ちゃんは母の顔色を見るようになっていた。

相手が腹を立てているということを分かっているように見えた。

さらにこういう会話もあった。

「お名前は、何ですか？」

「勇太です」

次に母が聞き方を変える。

「お名前は？」

「何ですか？　勇太です」

母の質問の一部を勇ちゃんが答えてしまう。相手の質問文を暗記してそれを口にしているのである。だから、「お歳は？」と聞くと、「いくつですか？　6歳です」と答える。そこで母はガラッと質問を変える。

「好きな食べ物は何ですか？」

「6歳です」

健常児は本当の意味での模倣ができる。だから記憶の中に言語が整理され蓄積していく。しかし自閉症児は基本的に他人に興味がない。だから返事がオウム返しになり、言葉が刹那的で定着しない。

ではなぜ、勇ちゃんはうどん屋で「まだ食べる！」と言えたのだろうかと母は考えた。その理由は、どんぶりに残った2センチメートルくらいの短い切れ端のうどんをどうしても食べたかったからだ。あれは心の奥底からの叫び声だったのだ。店員に対して、まだ食器を下げないでと、伝えたい気持ちがあったから言葉が出てきたのである。

つまり逆から説明すると、母が「これは誰？」と聞いても、勇ちゃんが自分の心の奥底から「お母さん」と言いたい気持ちが湧いてこない限り、言葉は出ない。言葉と会話は似ているが全然別のものなのである。

親が望むのはお喋りや会話をすることだが、自閉症児の中には単にオウム返しの言葉が増えているだけの子も多いという。それは残念ながらコミュニケーションではない。人はコミュニケーションを通じて人間関係を深めていく。だから親はそれを望む。厳しい言い方になるが、自閉症児にはそれが極めて難しい。コミュニケーションに障害があるのが自閉症だからだ。

⑤言葉だけを知っていても意味はない

自閉症は一生治らない脳の障害であるが、精神発達がまったくないわけではない。療育をおこなっても自閉症は治らないが、社会的に成長することは可能である。しかし激しい特訓をしても自閉症児が健常児になることはない。だから言葉などの何か一つのパーツを取り出して、訓練を積み重ねても仕方がない。母はM先生との会話でそうしたことを諭された。

4歳を過ぎた勇ちゃんはオムツが取れていなかった。そこで先生に「何度教えてもトイレでおしっこができません。どうしてもオムツを取りたいんです」と訴えた。

すると先生は厳しく諭すように言った。

「今オムツだけを取っても、オムツをはいていない赤ちゃんになるだけです」

言葉の問題も同じだった。

「言葉を話せるようになるためにトレーニングを受けさせたいんです」

「言葉をいくら教えても単に単語を覚えるだけで、単語を使ってコミュニケーションを取れるようにはなりません！」

成育医療センターでは療育をおこなっていなかったが、勇ちゃんが6歳のとき、ソーシャルスキルトレーニングというプログラムができた。発達障害の子どもたちに、社会的なスキルを教える訓練だ。母は早速これをお願いした。

Ｍ先生はぴしゃりと言った。

「順番が違います！　周囲に関心を持つことができるようになってから、対人関係や集団生活のスキルを教えるものなんです。勇ちゃんは、着替えなど身の回りのことがまだちっともできていないじゃないですか！」

母は確かにそうだと思った。言葉を喋るという表面的なことにとらわれすぎてきた。本人に話したいという気持ち、誰かと通じ合いたいという社会性がなければ言葉に意味はない。英単語を猛勉強でたくさん暗記しても、外国人と話したいという意欲がなければ、英単語を覚えたことに何の意味もない。

のちになって勇ちゃんの言葉はしだいに増えていった。スーパーマーケットに行って、リンゴのラベルを見て銘柄を暗記してしまう。ふじ・紅玉・つがる・王林・世界一・ジョナゴールド・陸奥。そしてリンゴの名前を口にして何度もくり返す。しかしそこにコミュニケーションの意味合いはない。勇ちゃんは動物園に行っても動物の名前は口にせず、リンゴの名前を延々と復唱している。「このリンゴ、美味しそうだから、ぼく食べたい」とは言わない。

母は、勇ちゃんが3歳のときから4年間療育に通わせた。十分にやりきったと思っている。

7章　こだわり・こだわり・こだわり

① 最初に履いた靴

母が勇ちゃんのこだわりに初めて気付かされたのは、勇ちゃんが2歳のときだ。それまでに履いていた靴が小さくなり、新しい靴を買った。もちろんワンサイズ大きく、デザインはこれまでと異なっていた。勇ちゃんはその靴を履こうとしなかった。無理に履かせようとしたら、パニック状態になって大暴れした。

そこで母は再び靴屋に行ってまったく同じデザインの靴を買い求めた。1足だけでなく、5ミリ違いの同じ靴をいくつも買った。だがそれも成長に伴いすべて履けなくなった。

母は仕方なく似たデザインの靴を買って勇ちゃんを説得した。勇ちゃんは納得せずパニックになった。しかしどんなに探してももはや同じデザインの靴は売っていなかった。くり返し説得を続けると、ある日、生ゴミを入れるゴミ箱に古い靴が捨ててあった。勇ちゃんは諦めて古い靴を自分で捨てたのだった。

勇ちゃんはその靴が気に入っていたのではない。物心ついたとき、最初に履いていた靴がそのデザインだったから、その靴でなければ不安になり、こだわったのだ。

勇ちゃんは世界地図パズルが得意だった。たちまちパズルを仕上げる。それも必ず一定の順番があって毎回同じようにピースをはめていった。あるとき、「カザフスタン」のピースが見当たらなかった。無くしてしまったのだ。勇ちゃんはパニックを起こし、泣き叫んで自傷した。

それから母はパズルを買うときは、必ず3セット買うようにした。ピースがどれか紛失しても補充が利くようにである。

初めて乗ったタクシーはコンドルタクシーという会社名だった。ドアのところにコンドルのマークが付いている。これ以来勇ちゃんはコンドルタクシーにしか乗らなくなった。自宅付近にはコンドルタクシーが少なく、車を拾うのに苦労した。

電車に乗る。初めに座った座席にこだわる。そこの座席にしか座ろうとしない。いや、立つことはしないで断固としてそこに座ることにこだわった。だからその席に誰かが座っていると、その客をどかそうとしてトラブルになった。

②食事の種類は五つ

食事も同じである。勇ちゃんは超が付く偏食だった。その理由もこだわりが関係している。幼い頃の勇ちゃんは、納豆・かぼちゃ・さつまいも・うどん・シュウマイしか食べなかった。感覚過敏も関係しているが、これはやはり勇ちゃんのこだわりだった。17歳になった現在では超偏食は消えているが、あるファミリーレストランに行ったときは、必ずその特定のメニューを食べると決めている。このことについてはまたあとの章で触れる。

偏食は親にとって頭痛の種である。しかし勇ちゃんには重い食物アレルギーがあったので、リスクを回避するという意味ではこの5種類しか食べないというのは好都合でもあった。主治医からも「無理をして種類を増やす必要はありません」というアドバイスをもらって勇ちゃんのこだわりを見守った。

親の会で話を聞くと自閉症児には偏食が多く、３６５日すべての食事が某メーカーのカレーライスの子どもとか、フライドポテトだけの子どももいると聞いて、勇ちゃんはまだましな方だと思った。

③買い物カゴを積み上げる

スーパーマーケットに行くと、売り場の豆腐や納豆が気になった。一列に陳列されていないと、それを全部きれいに揃えた。お店の小母さんからは「手伝ってくれてありがとう」などと言われた。しかし困った問題もあった。

勇ちゃんは買い物カゴを高く積み上げないと気が済まなかった。一つの山にカゴをどんどん積み上げていくことにこだわった。カゴの山がいくつもあることに対して精神が不安になっているように母には見えた。山を一つにすることで心の安定を求めているようだった。

背伸びして思い切り腕を伸ばしてカゴを高く積む。お店には、客が取りやすい高さとしてどこまで積み上げるというマニュアルがあったらしく、勇ちゃんはお店の人からしょっちゅう叱られた。だけど勇ちゃんはやめなかった。

スーパーでの買い物は毎日のことなので、母はこれには困った。そこで保育園のときと同じように障害のことをお店側に伝えることにした。胸には「愛のワッペン」というものを貼った。ワッペンに「食物アレルギー」と「自閉症」と書いた。

店長が朝礼で勇ちゃんの障害のことをみんなに伝えてくれたらしく、それからは勇ちゃんが叱られることはなくなった。また勇ちゃんが店外へ脱走してもお店の人がつかまえて、母のところへ連れ戻してくれるようになった。

母はこのあとの人生においても、勇ちゃんの障害を堂々と人に伝えるようにしていった。障害を隠すことは自分を偽っていることであり、勇ちゃんの障害を恥だと考えていることになってしまう。母の経験上、確かに障害児に偏見を持つ人がいることは間違いないものの、大多数の人が障害児を受け止めてくれるというのが、母が感じたことだった。自閉症を打ち明けて、「それは大変ですね。何か力になれることがあれば言って下さいね」という言葉をかけられることが母にはよくあった。

④井の頭線の車中でパニックが爆発する

勇ちゃんが4歳の頃、母子は井の頭線を利用して武蔵野東教育センターへ療育のために通っていた。当時の井の頭線は新車両の1000系と旧車両の3000系が走っていた。1000系と3000系にはそれぞれ各駅電車と急行電車があった。両者の形の違いは一目見て明らかだった。勇ちゃんが最初に乗った電車が3000系の各駅電車だった。

勇ちゃんは３０００系の各駅にこだわった。急行にも乗ろうとしなかったし、絶対に１０００系には乗らなかった。母は勇ちゃんのこだわりに付き合うと決めていたので、家を早めに出て各駅の３０００系が来るのを待って電車に乗った。

ところがある日、いくら待っても３０００系の電車が来ない。15分以上待っても来なかった。このままでは療育の時刻に遅れると思い、焦る気持ちで駅員に聞いてみた。

「３０００系の電車はどうしたんですか？　今日は全然来ませんけど」

「1車両、３０００系が故障しているんです。だから来るのは1時間に1本です」

さすがに母はもう我慢できなかった。勇ちゃんの腕をつかむと、無理やり１０００系の電車に引きずり込んだ。勇ちゃんのパニックが爆発した。

大声で喚き散らし、車内を駆け回ってあちこちのドアに猛烈に体当たりした。手が付けられない状態になった。目的の駅まで16駅あり、時間は30分かかる。その30分の間、勇ちゃんは暴れ続けた。

電車が駅に止まるごとに、人々が車両から降りてホームを走り隣の車両に逃げていく。母と勇ちゃんがいる車両は駅に止まるたびに乗客が減っていった。母はどうすることもできず、勇ちゃんを見守るだけだった。そのとき、怒声が飛んできた。

「いいかげんにしろ！　母親だったら、もっとしつけをしろ！」

初老の男が目を吊り上げていた。

母は情けない気持ち、悔しい気持ちでうつむいた。涙がにじんだ。隣にいた同年代の女性が「お母さん、大変ですね」と優しく声をかけてくれて、それで母は少し救われた気持ちになった。

その日の夜、勇ちゃんは疲れたせいか早々と就寝した。腕にはくっきりと歯型が付いていた。その寝顔を見て、母は自責の念にとらわれた。ジェットタオルの療育で一体自分は何を学んだのだろうか。I先生からは、「親と一緒だったら安心だという体験をさせなさい」と諭されたはずだった。不安から自傷行為に至った腕の歯型がまるで自分に抗議しているようだった。母は心の中で何度も勇ちゃんに謝った。

⑤クリニックのガラス窓に頭突き！

同じ頃、勇ちゃんには予防接種の注射の予定が入っていた。前もって注射のことを話すか、黙って連れていくべきか母は考え込んだ。「注射を打ちに行く」と言えば、その時点でパニックになるかもしれない。医師に聴診器を当ててもらい、素早く打ってもらうのがいいのではないかと思い、注射の話はせずにクリニックへ向かった。

医師が勇ちゃんの聴診を済ませ、腕を押さえると注射を打った。勇ちゃんは予定にないことをいきなりされて、パニックになった。診察室から待合室へ飛び出して、暴れまくった。ガラスの窓や玄関のドアに強烈な頭突きをくり返した。しばらくの間、興奮状態が収まらなかった。

　勇ちゃんが自閉症と聞いて、医師は呆れるように母に言い聞かせた。

「お母さん、自閉症ならあらかじめ本人に説明しないとダメですよ。予定外のことが起こるとパニックになることは、お母さんも分かっているでしょ？　今度からはちゃんと本人に言い含めてから来て下さい」

　これをきっかけに母は予防接種があるときは、カレンダーに印を付けて、毎日勇ちゃんに説明した。その日に向けてカウントダウンすることで勇ちゃんを納得させた。その後、勇ちゃんは予防接種の注射を受けても、打った瞬間に泣くだけでパニックになることは二度となかった。

⑥旧車両3000系がなくなる日

　井の頭線の車両内でパニックを起こしてから2年が経っていた。その間、母子は絶対に３０００系の各駅に乗っていた。しかし旧車両がなくなるのは時間の問題だった。そこで駅員に聞いてみた。

「この３０００系はいつまで運行しているんですか？」
「あと1カ月ですね。年度の切り替わりで３０００系はほとんどなくなります」
母は準備をしなければいけないと考えた。毎日二人で入場券を買ってホームに上がり、
「3月で３０００系の電車はなくなるよ。4月になったら１０００系の電車に乗るんだよ」と説明をくり返した。

自宅では１０００系の各駅と急行の、両方の車両の写真をくり返し見せて、１０００系に乗ることを説得した。勇ちゃんは無言で母の話を聞いていた。

そして4月になった。療育に行く日、母は勇ちゃんの手を引いてホームに立った。１０００系の電車が入ってきた。勇ちゃんの顔が強ばった。身を固くして電車に乗り込んだが、パニックになることはなかった。

1カ月にわたる説得が実を結んだのだろう。だが実はもっと大事なことがあったと母は感じている。それは2年間、３０００系の各駅電車に乗り続けたからだ。うだるような灼熱の夏の日も、寒風が吹きすさぶ冬の日も母と子はホームで３０００系を待ち続けた。そして親と一緒にいれば安心だということを勇ちゃんに理解させた。その地道な努力の上に、1カ月の説得があった。だからこそ、勇ちゃんはこだわりから脱却して、最も嫌う「変化」に対応できたのであろう。

勇ちゃんはめきめきと成長できる子ではない。しかし、長い時間をかけて少しずつ変化し成長できる子なのである。

8章 小学生になる

①自信を持てるように

勇ちゃんの小学校入学が近づいていた。母には武蔵野東小学校に入れたいという夢があった。保育園年長の自閉症児にとって武蔵野東小学校を目指すことは、いわば受験信仰のようなものであり保護者たちの憧れになっていた。勇ちゃんは11月に試験を受けて、翌日には不合格の通知をもらった。母は泣くだけ泣くときっぱりと気持ちを切り替えて、地域の特別支援学校・小学部に電話を入れて見学に足を運んだ。

青鳥《せいちょう》特別支援学校久我山分校というのがその学校である。母が学生の頃に養護学校の教員資格を取るために実習をしたのもここだった。その当時はこの学校にあまり明るい印象は持っていなかった。しかし時が流れて見学してみると、教室は明るく雰囲気がよかった。母は勇ちゃんの学校をここに決めた。

障害児は普通、就学時健診を受けて、そこで通常学級へ行くか、特別支援学級に行くか、特別支援学校へ行くかの助言をもらう。だが母は勇ちゃんを通常学級に行かせる気はまったくなかった。勇ちゃんには知的な障害もある。通常学級に行けば必ずダメな子として見られてしまう。そのことが勇ちゃんを傷つけ強烈なストレスになる。母は勇ちゃんに自信を失うような真似はさせたくなかった。母の脳裏には鉄格子の奥にいる少年の残像がまだはっきりと残っていたのだった。それで就学時健診は欠席した。

4月が近づき地元小学校から自宅へ電話がかかってきた。「就学時健診を受けていませんが、小学校はどうするお考えですか」という問い合わせだった。母は特別支援学校に行くことを説明した。梅ヶ丘病院で共に療育を受けてきた障害児たちも続々とこの学校に入学を決めた。こうして勇ちゃんは小学生になった。以後、勇太君と表記する。

②いきなり優等生

4月1日を境に勇太君の生活は激変した。保育園に行っているときは、勇太君は「〇〇をしなくてはいけないのにできない子」「〇〇をしてはいけないのにしてしまう子」だった。しかし特別支援学校には勇太君よりも障害が重い子がたくさんいた。従って勇太君はいきなり優等生になった。

6歳の勇太君はオムツは取れていたが、手洗いや着替えといった身の回りの自立がまだできていなかった。しかしそんなことは特別支援学校では当たり前だった。

食事の際にスプーンを使えるようになっていた勇太君は、それだけで学校の先生から「すごいね！」と誉められた。トイレでおしっこをしただけで「できたね！」と拍手された。傘を開くだけで「それもできるんだ！」と感心された。

そんな環境に勇太君も自信を付けたのか、学校に行くことをしぶるような素振りを見せることは一切なかった。スクールバスで1時間の距離を、毎日楽しそうに通学した。

母の気持ちも一気に楽になった。これまでは保育園の教室の中で、勇ちゃんだけが一人孤立していた。ライブカメラで勇ちゃんの姿を見ては落ち込み、参観日には集団行動の取れない我が子に気持ちが沈んだ。健常児と比べてしまうことで、ますます憂うつな気持ちになっていった。

だが、特別支援学校には健常児はいない。比べる必要がない。いやもう少し正確に言うと、勇太君と比べてもっと集団行動が取れない子がいることも分かった。いずれにしても、毎日が療育のような日々であり、周囲の子どもはすべて仲間だった。環境が違うと、自分も勇太もこうも楽になれるのかと、母は特別支援学校を選んでよかったと心底思った。

「それにしても、あのお母さんは今頃……」と考える。

療育仲間だったあるママ友の子どもは重い知的障害を持つ自閉症だった。そのことはその母親も受け入れていたはずだ。現に療育に通っていたのだから。ところがその母親は、通常学級に行くことにあくまでもこだわった。なぜそこまで頑なだったか理由は分からない。特別支援学級や特別支援学校へ我が子を行かせることに対してプライドが許さなかったのか、あるいはもっと違う理由で、通常学級で健常児から刺激をもらえば自閉症がよくなると思ったのか。

いずれにしても、その母親は嘘をついて就学時健診を欠席した。その結果4月から普通学校の通常学級に行けることになった。だがやはりそれには無理があった。入学式でその子は奇声を上げながら会場を走り回った。学校の先生は驚き、母親にはっきり言ったという。

「お母さん、明日から毎日お子さんの付き添いをして下さい。それが受け入れる条件です」

その話を聞いて以後、母はそのママ友とは連絡を取っていない。そうした学校生活は親にとっても子どもにとっても強いストレスになるのではと、母は心配だった。

③時計と蝶結び

特別支援学校は1クラスに生徒が6人である。最大の特徴は、個別の指導計画・個別の教育支援計画が作られることにある。要は、個別指導がおこなわれる。普通の勉強もおこなうが、生活面や社会面での自立のための支援もする。つまり療育を学校がやってくれるようなものだ。

給食も完全に個別対応だった。食物アレルギーのある勇太君には、単にメニューから乳製品を抜くなどの除去食ではなく、ほかの子どもとまったく別の料理が出てきた。完全個別対応だった。

勇太君は、生活作法として、挨拶をする・給食をこぼさず食べる・長い時間座っているなどのことがまだできなかった。担任の先生は支援する目標を明確に掲げ、マンツーマンで指導してくれた。

そこで母は二つのことを先生にお願いした。一つは時計の読み方である。勇太君は数字に強い関心を持つものの簡単な計算もできなかった。時計も読むことができなかった。もう一つは、蝶結びである。勇太君は図画工作のように手を使って何かをするのがあまりうまくなかった。蝶結びは大人になっても必ず役に立つ。時計の読み方もそうだ。

担任は2年かけて時計の読み方と蝶結びの方法を勇太君に教えた。蝶結びに関しては、穴がいくつも開いたアクリル板を用意し、そこに紐を通して結び方を指導してくれた。完全にオーダーメイド型の授業である。

保護者面談では、個別の指導計画・個別の教育支援計画を教師が持ち出して、どこまで達成できたかを説明してくれる。達成できていないことがあれば、母が叱られるのではなく、教師の方が謝ってきた。

通知表はいい意味で大雑把な作りになっていた。ほかの子どもと比べて、優れているとか、劣っているなどの相対評価は付いていなかった。つまり誰とも比較されていなかった。勇太君ができたことを肯定して大きな二重丸が付けられていた。

特別支援学校に入学して2年が過ぎる頃、勇太君は時計が読めるようになっていた。蝶結びもできるようになっていた。

④教会の泣き部屋で

特別支援学校は母子にとって本当に居心地がよかったが、この時期、学校の外では忘れられないイヤな思いをしている。

母子で行く教会の御堂の奥には大きなガラス窓の付いた小部屋があった。その部屋は、乳幼児を連れた親が祈りを捧げに来たときに利用する赤ちゃん部屋だった。子どもが泣いてもいい部屋なので、泣き部屋と呼ばれていた。

勇太君はじっとできない子なので、幼児の頃から泣き部屋に通っていた。するとそれがパターンになってしまい、教会に行くと必ず泣き部屋に入ってミサにあずかるようになった。小学1年のある日も、勇太君と母は泣き部屋で祈っていた。部屋にはスピーカーから神父の声が聞こえていた。

するとそこに3歳くらいの子どもを連れた父親が入ってきた。小さい子なのに、きちんと座っているおとなしい子だった。泣き部屋に入れる必要がないくらい静かな子だった。そんな中、勇太君はだんだんじっとできなくなり、奇声を発し、部屋の中を走り回った。母はそれが許されるのが泣き部屋だと思っていた。

ところが隣にいた父親が怒鳴り声を出した。

「どうして叱らないんだ！　どうしてちゃんとしつけないんだ！」

母は青くなっておずおずと答えた。

「うちの子は自閉症なんです。障害があるので、じっとできないんです」

父親はなおも怒鳴った。

「それがなんだ！　障害を口実にするな！　ちゃんとしつけろ！」

母は思わず涙ぐみ、勇太君の手を引いてミサの途中で自宅に向かった。帰宅するとあまりの情けなさにますます涙が溢れ、思わず勇太君に手を上げそうになった。そしてキリスト教に対する信仰に変わりはなかったものの、クリスチャンの中には隣人に愛を与えられない人間がいるのだと痛感させられた。

⑤スイミングスクールへ

喘息を持っていた勇太君に、母は水泳を習わせたいと考えていた。体力を付けるという面のほかに、遊びの水泳ではなくコーチにきちんと指導をしてもらい、健常児に交じって刺激を受けつつ、しっかり泳げるようになって欲しいと考えていた。

そこでまず、選手育成で名高いSスイミングスクールに行った。まずは体験授業である。母は勇太君に言い聞かせた。

「コーチの言うことをしっかり聞いてじっとしているのよ。勝手に動き回ったらダメよ」

母は2階の観覧席からプールの様子を見守った。普段は多動な勇太君は懸命に母との約束を守り、なんとかコーチの指示に従っておとなしくしていた。彼なりにとてもがんばっていることが観覧席からも見て取れた。しかしほかの生徒と同じようにプールサイドでじっと順番を待つことがしだいにできなくなっていった。勇太君はゴソゴソと体を動かし始めた。

「ああ、これはもうダメかもしれない」

母は焦り始めた。

プールの中の勇太君の腕をコーチが鷲掴みにして引っ張り上げた。そのままコーチは濡れた勇太君の腕を引き、2階席の母のところまで連れてきた。30歳くらいの精悍《せいかん》な顔つきのコーチが厳しい声で言った。

「こんな程度の低い子、何をあなたは考えている！　うちで水泳を習えるわけがないでしょ！　入会はお断りします！」

事態が分からずキョトンとしている勇太君を母は抱きしめた。

「よくがんばっていたね。偉かったね。もう帰ろうね。帰りにお菓子を買ってお家で食べようね」

勇太君の着替えを済ませ建物を出ると、涙がとめどなく溢れてきた。母は心の中で勇太君に謝った。

「ごめんね、こんなふうに生んじゃって。普通の子が体験に行けば、ぜひ入会して下さいって大歓迎されるのに。障害があるためにこんな目に遭っちゃって」

母はそれでも水泳を勇太君にやらせてあげたかった。自閉症があることを前もって伝えてしまえばそれだけで入会を断られることはもうはっきりしている。とにかく体験授業に連れていって、ありのままの勇太君を見てもらって判断してもらおうと母は考えた。

次にKスイミングスクールに行った。しかしそこでも断られた。

「入会をお受けしたいのは山々なのですが、誠に申し訳ありません。ほかの生徒さんに迷惑がかかってしまいますので、入会して頂くわけにはいかないのです」

最後にTスポーツセンターに行った。そこでも結果は同じだった。

「お子さんはじっとしていることが難しいのですね。こちらは専門のコーチとスタッフの数が限られています。水泳は命に関わるスポーツですので、お子さんが溺れてしまったら大変なことになります。入会をすることは残念ですが難しいです」

だがその断り方には思いやりがあった。勇太君の安全を配慮した言葉であり、企業の論理で断っているわけではなかった。そして事情をよく理解してくれて、日曜日の障害児枠のスイミングを勧めてくれた。

母は、健常児と一緒に泳ぐことにこだわった自分が間違っていたと思い直した。それゆえに、遠回りして母子で傷ついた。そういう制度があるならば、最初から自閉症であることを告げて障害児枠で水泳を習わせればよかった。

そして毎週日曜日、母子はTスポーツセンターに通うようになった。

コーチは自閉症の子に理解があった。プールサイドを走り回っても、勝手な行動を取っても勇太君を見守ってくれた。そして少しずつ水泳の技術を勇太君に教えていった。

コーチは、母に対して水泳のことだけでなく、勇太君のこだわりに対してもどういうふうに対応するか相談しつつ助言をしてくれた。

だがやはり勇太君のこだわりはなかなか手強かった。勇太君が初めてプールに入ったのは、6コースだった。以来勇太君は6コースにこだわった。違うコースでは絶対に泳ごうとしなかった。しかし水泳教室は勇太君一人ではない。どうしてもほかの子どもとの兼ね合いが出てくる。最大限配慮はしてくれたが、ある日、コーチが別のコースで泳がせた。

勇太君はパニックになった。大声を上げてプールサイドをめちゃめちゃに走った。そしてずらりと並んだベンチを次々とプールの中に投げ込んだ。水着を脱いで真っ裸になり、シャワー室へ飛び込んだ。そこでプッシュ式の泡の出る石けんを押し出し、すべて床にぶちまけた。それでようやくパニックが収まった。

それでもコーチは勇太君を叱ることはなかった。コーチは冷静に母に分析してみせた。

「勇太君はベンチをプールに放り込んで、自分でとんでもないことをしてしまったと反省したんですよ。それで、その事態を無かったことにしたいと思って石けんで洗い流そうと思ったんです。そう思いますよ」

なるほど、そういう解釈もあるのかと母は感心した。ともかく、Tスポーツセンターの深い理解が母には嬉しかった。

その後、勇太君は6コースへのこだわりを捨てた。が、最初に手にしたビート板が緑色だったので、緑のビート板にこだわった。コーチはそれを容認し、常に勇太君に緑のビート板を与えた。

しだいに勇太君は泳ぎ方をマスターしていき、やがて4種類すべての泳法を覚えた。

Tスポーツセンターとの付き合いは10年続く。結局10年後に退会することになるのだが、それについてはのちほど説明する。

9章 転校のとき

① 集中して漢字を書く

小学2年生の7月、特別支援学校に東京都の指導主事の巡回があった。そのとき、勇太君は椅子に座って漢字の書き取りをやっていた。勇太君は漢字を覚える力が強く、また、筆圧の強い字で几帳面にしっかりと文字を書いた。いったん書き取りを始めると、勇太君は集中できる子だった。指導主事が見たのは、夢中になってノート一杯に漢字を書くそんな勇太君の姿だった。

指導主事は「この子にとって、この学校は適切な教育環境ではない。小学3年から支援学級に転校するように」と指示した。

母は、それは指導主事の勘違いだと思った。たまたまそのときは漢字ノートに熱中していたが、普段の勇太は落ち着きのない子である。特別支援学校の教育に満足していた母は、学校に対して「6年生までこの学校に置いて下さい」とお願いした。

しかし学校は受け入れてくれなかった。

「東京都からの指示には従わないといけないんです。何とか転校を考えて頂けないでしょうか？」

仕方なく母は区内の公立小学校の中で、支援学級を併設しているところを調べ始めた。すると、自宅に最も近い小学校には支援学級がないことが分かった。少し遠くに全校児童が500人くらいで支援学級の生徒が30名の学校と、比較的近くに全校児童が100人くらいで支援学級の生徒が8名の学校があることが分かり、両方を見学に行った。

特別支援学校の担任からは「勇太君は小規模の方が絶対に合っていますよ。少人数の方が個別に見てくれるので、こちらに決めたらどうですか？」とアドバイスを受けた。

こうして特別支援学校に未練を残しつつ、3年生の4月から新しい小学校に転校することになる。自宅から歩いて10分の距離だった。

② 釘を刺される

転校に先立ち、学校から呼び出しがあった。校長室に入ると、教育委員会から2名、校長、副校長、支援学級担任、栄養士、合わせて6名が待っていた。校長先生が口を開く。

「お母さん、考え違いして欲しくないんですが、特別支援学校と支援学級ではスタンスが違うんです。特別支援学校は個別指導が中心ですが、こちらは基本、一斉教育です。それから、お子さんは食物アレルギーと聞いていますが、特別に給食は用意できません。たとえば、フルーツヨーグルトの日に、フルーツにヨーグルトをかけないという配慮はできますが、食べられないものがあるときは、代わりのものを家から持参して下さい」

なぜそこまで厳しく言われるのだろうと、母は少し悲しくなった。しかし4月から勇太君が支援学級に行くようになるといろいろなことが見えてきた。

当初、勇太君の支援学級は8人と思っていたが、結局集まったのは14人になっていた。1クラスの定員は8名だから2クラスである。その中には思った以上に重度の子がいた。

ある生徒はオムツを着けていた。それを知って母は驚いた。

「こんなに重い子が支援学級にいるんだ。もし特別支援学校にいたら重度重複のクラスにいる程の子なのに……」

しかし支援学級ではオムツを外すような生活の訓練はしていなかった。教員の数も特別支援学校程多くはなく、目指しているものも異なっているからだった。

「なぜ、この子の親は特別支援学校を選ばなかったんだろう？　もし選んでいれば、トイレトレーニングをしてもらえたのに」と母は訝った。そして、通常学級にこだわったママ友のことを思い出した。

さらに支援学級には、通常学級では対応が難しいグレーゾーンの発達障害の子もいることが分かってきた。こういう子たちは知能障害がないため、勉強ができる。だからクラスでは、国語や算数の授業も普通におこなわれていた。つまり勉強ができる子とそうでない子の幅が特別支援学校よりも広がっていたのである。

重い障害のある子の親は、学校に対して特別な配慮を強引に要求してくることがあると母は知った。だから勇太君が支援学級に入る前に校長先生から釘を刺されたのである。そして、重い障害の子に教師が手間を取られると、軽度の子の親から「何であぁいう重い子がこのクラスにいるんだ」とクレームが出ることを母は授業参観で見たりすることになる。

勇太君は支援学級に毎日イヤな顔をすることなく通った。それは学校が好きだったからかどうかは分からない。勇太君は毎日学校に行くと決めると、そのことにこだわる子だったからだ。だから、母が「学校を休んでディズニーランドに行こうよ」と誘っても行かない。ディズニーランドは日曜日に行く所だからである。

特別支援学校では勇太君は優等生だった。先生からたくさん誉められた。しかし支援学級では普通の子になった。

③ 健常児と障害児

支援学級を併設している小学校では、保護者から不満の声が出ることもある。「障害児と一緒にいると足を引っ張られてしまう」という非難だ。だがそうした声は決して大きいわけではない。ただ大人と子どもを比較すれば、大人の方が偏見が強いのは間違いない。子どもはもう少し別の論理と倫理で生きている。

勇太君の通う小学校では通常学級と支援学級の間に交流があった。休み時間になると健常児が障害児のクラスに遊びに来る。小学3年生くらいから、障害児を見て育つと、子どもは自然と偏見を持たなくなる。

養護学校義務化の法律ができたのは、１９７９年である。それまでは障害児も健常児も同じ学校に通っていた。だから私が小学生のとき、クラスには知的障害の子がいた。小学1年のときからずっとみんなの仲間だったので、その子がいじめに遭っているのを見たことはない。しかし法律によって障害児と健常児が分離され、障害児の姿は見えにくくなった。そのことが差別の温床になる。だから現在、支援学級と通常学級の間に交流があるのは、共生社会を作っていく上で非常に重要なことだと言えるだろう。

勇太君から見て、健常児と交流することに意義があったかは大変微妙である。自閉症児は他人に関心がないからである。一方、逆から見ると、健常児が勇太君と交流したことがその子たちの人生に大きな意味を持つことは間違いない。

しかし子どもはある意味残酷なくらい正直である。それを母は運動会で感じた。

勇太君の小学校では健常児と障害児が一緒にリレーをおこなっていた。両者が交流してリレーを成功させることが学校のポリシーだった。母にはこれが憂うつだった。勇太君はスーパーマーケットなどでは脱兎のごとく店から脱走するが、リレーで人と競争するという概念がなかった。だからリレーに参加しても全力で走るということがない。小走りでタラタラと走っていた。

母は勇太君のそういう姿を見るのがイヤだったので、何度か学校に個人種目だけに参加させてくれとお願いをしていた。しかしそれは認められることはなかった。

ある年の運動会のリレーで母は入場門近くでカメラを構えた。勇太君の順番が近づいていた。するとそのとき、通常学級の子の声が聞こえた。

「ちぇ、あいつが入ってきたぜ。おれたち、負けるな」

普段から交流を重ねていても、年に一度の大勝負がかかると子どもはムキになって本音が出るのだと母は思い知らされた。母は「ごめんね。うちの子が足を引っ張って」と謝ったが、気まずい雰囲気になってしまった。

だが、最終的に母には満足できることもあった。勇太君が小学校の卒業を控えた謝恩会の会場で、通常学級の子どもたちが勇太君の手を引いていろいろな人たちに引き合わせていた。会がカラオケになると、勇太君を真ん中に引っ張り出し、通常学級の子がマイクを持ってくれて、勇太君に歌を歌わせてくれた。健常児から見れば勇太君は学校の仲間であったのであろう。

しかし支援学級を併設していない学校の子はそうではなかった。

④いじめ

小学校高学年になっていた勇太君が、学校から帰宅すると「きもい、きもい」と言っていた。母は勇太君が何を言いたいのか分からず、そのまま放置していた。

数カ月経って自宅から最も近い小学校から電話がかかってきた。副校長からだった。

「お詫びしたいことがありますので、学校まで来て頂けないでしょうか?」

副校長に事情を聞くと、どうも朝の登校時にその小学校の生徒から突かれたり、罵倒されたりしていたらしい。「きもい」というのはそのときの言葉だ。その様子を見かねた近隣の住民が学校に電話を入れたのだった。

母は学校に出向いた。

「お子さんにイヤな思いをさせて申し訳ありませんでした」と副校長は謝罪した。母はひとこと言ってやりたかった。

「やはり学校に支援学級がないと、違った子を理解できないんでしょうね。ダウン症や肢体不自由の場合は見ただけで障害が分かりますから、いじめてはいけないと思うのかもしれません。でもうちの子は自閉症ですから障害が見えません。変な奴って思われるんでしょうね。息子が通う小学校は毎日交流しているのでそういうことはありませんよ。知的な遅れのある子を助けてあげようっていう意識が育っていますから」

副校長は恐縮しながら言った。

「そうですね。今度、お子さんを連れてうちの学校に遊びに来て下さい。お友だちを作りましょう」

その台詞に母はカチンと来た。自閉症のことが分かっていないと思った。やめようと思ったが、つい言ってしまった。

「こちらの生徒さんには自閉症の子と関わることでいい体験になると思います。でもうちの子は自閉症なんです。わざわざ隣の学校まで行って、人と関わろうとは思っていません。そういうことがストレスなんです。今の学校で満足していますから、こちらでお友だちを作る気はありません。せっかくですが、お伺いしません」

帰り道、母は悔しい思いで一杯だった。自分の息子がいじめられているとは気付かなかった。だが、いつか勇太君と一緒に道を歩いているときに、他校の小学生たちから「また変な奴が来たぜ！」と指をさされたことがあった。あのときは、必要以上に激しく子どもたちを叱責した。もちろん感情的になった部分もあるが、この子たちに「あの子の親は怖い」と思わせなくてはいけないと考えたのだった。今から思うと、あの小学生たちも今回と同じ学校の子だ。障害児を見ないで育つ子どもは、大人になっても障害者と共生できないだろうなと母は思った。

皮肉なことに、勇太君は「きもい」の意味が分かっていなかった。「きもい」を人の名前と思っている。だから「きもい、居ない」などと家で言っている。そんな勇太君が母は不憫だった。そしてその反面、いじめられていることが分かっていなくてよかったと思った。複雑な気持ちだった。

やがて勇太君の小学校生活は終了した。健常児と共に日常を過ごすことでいいことも経験したし、悪いことも経験した。障害児を知らない子どもには偏見があり、いじめにつながるということも知った。

勇太君のパニックがひどかったのは、今から振り返れば8歳くらいまでである。現在でもパニックを起こすことはあるが、かなり落ち着いたと言える。育児がつらいと思っていた時期は過ぎようとしていた。

10章 いよいよ中学生

① 劣等生になる

勇太君が6年生だった10月に、区から自宅へ電話がかかってきた。就学相談があるので、必ず出席するようにと言われた。勇太君が普通の中学校に行くことはあり得ない。中学の特別支援学校へ行くか、支援学級へ行くのかの振り分けだった。勇太君は知能検査と行動観察を受けた。11月に再び電話があり、「支援学級に行って下さい」と通告された。

具体的にどこの中学へ行くかは指示がなかったので、母はいくつかの中学支援学級を見学した。すると、学校によって生徒の障害の程度にかなり差があることが分かった。翌年3月にようやく学校を指定された。そこは母が知る限り、重度の子が少ない学校だった。

こうして4月から勇太君は自宅から徒歩で25分の中学校に通い始めた。入学して早い段階で、母は生徒のレベルがこれまでと異なることに気が付いた。クラスの半数以上の生徒が、小学校の6年間を通常学級で過ごしてきており、いよいよ通常学級ではついていけないから支援学級を選んだ子どもたちだった。勇太君とは学んできたことがまるで違っていた。その結果、授業のレベルが急に高くなり、勇太君は言ってみれば劣等生になってしまった。

支援学級の生徒は1年生から3年生まで全部で28人いた。その28人の間には大きな学力の開きがあった。学年別に一斉指導することはできず、国語と数学の授業は学年をバラバラにして学力別に四つのグループを作って授業をすることになった。

勇太君は、一桁の足し算なら答えを出すことができた。しかしそれは、数字と数字を足すという概念の上で導かれた答えではなく、単に式と答えを暗記しているだけだった。だから50円のお菓子を買うためには１００円を持っていけばいいということが理解できなかった。

国語も漢字を書くのは得意だったが、それは文字の形を暗記して書き写す作業をしているだけだった。母子の会話もオウム返しがほとんどだったので、文章を読んで理解するということはできなかった。問題文に「どう思いますか」とあれば、解答欄に「どう思いますか」と書いた。

従って、数学も国語も最下位のクラスだった。だがそれで自信を失ったりいじけたりするような素振りは見せず、毎日学校に通っていた。

②お金の計算

私たちが日常の生活をしていく上で、最も基本的なことは時間とお金の概念かもしれない。勇太君は時計を読むことはできたが、どうしてもお金の計算ができなかった。母は大きめのプラスチック容器に硬貨をたくさん入れて、それを勇太君につかみ取りさせた。つかんだお金を数える訓練をしていたのだった。

また、計算問題のプリントを作って勇太君に解かせたり、実際にコンビニエンスストアに行ってお金の使い方を練習したりした。ところがそれはなかなか進歩しなかった。

学校の勉強などはある意味どうでもいい。生活に役立つことを教えて欲しい。小学6年のときにリットルとデシリットルの授業があった。なぜ、デシリットルを学ばなくてはいけないか母には疑問だった。担任に聞いてみると、通常学級では2年生のときに習うから、それをずらして6年生で教えているという答えだった。

「いや、それは違う」と母は思った。知的障害があるから、学年をずらして教えるという発想は意味がないと思った。勇太君が社会に出て、デシリットルという単位を使うとはまったく考えられない。今も学校の数学の授業では、偶数と奇数の違いを教えていた。それも母からすると、なぜ必要なのか理解できなかった。いや、障害の軽い子には向いているかもしれない。実際に、一番レベルの高いクラスでは連立方程式などを解いていた。だが勇太君には、偶数と奇数の違いを理解することは無理であり無用だった。

あるときに個人面談で母は担任に相談した。

「数学や国語の授業に勇太はまったくついていけません。正直なところ、筆算や長文読解なんてどうでもいいんです。勇太には日常生活に必要な挨拶の仕方やお金の計算方法を教えて頂きたいんです。特にお金です。自宅でいくら特訓しても上達しないんです」

担任の先生はゆっくりと口を開いた。

「お母さんのおっしゃるとおりです。この子たちに必要なのは、二桁のかけ算ができることではありません。生活ができるようになっていくことです」

そして驚くようなことを言った。

「日本は治安がいい国です。お金の計算なんかできなくてもいいんです。お店の人がやってくれますから。買い物のときに支払い方が分からなければ、財布を広げて『取って下さい』と言えばいいんです。障害者だからといって、お金をごまかす人なんかいません。それに難しい計算ができたって、この子たちはお金の価値が分からないんです。大根の値段が１００円なのか５００円なのか１０００円なのか、それが分かるようになるのは障害児にはかなり難しいんです」

母は「確かにそうだな」と納得した。だが、授業で、偶数と奇数の違いを教えることと矛盾しているなとも思った。学校には決まったカリキュラムがあり、教師の個人的な考え方は授業に反映できないようだった。

担任の先生は、お金のつかみ取りで計算をする特訓もやめるように言った。

「ある生徒は、親からお金の計算ができなければダメだと厳しく訓練を受けていたんです。するとそれがお金に対するコンプレックスになってしまった。財布から必要なお金を出すことができない彼は、それを恥ずかしいと感じて、こっそり商品を持ち帰ってしまうようになってしまったんです。だから、分からないときは助けてもらうことの方が重要なんです」

③　生きる力

母はこの担任からいろいろなことを学んだ。あるときは、勇太君の自立について諭された。

「大事なことは難しい計算ができることではありません。しっかり挨拶して、人から愛される人間になることです。できないことは、できる人にお願いして、自分からSOSを出せることが大事なんです。

自立、自立と言ってムキになる必要はありません。健常者だって自立できていない大人はいくらでもいます。だけど、自立って何でしょうか？　何でも自分一人でできるようになる必要はありません。誰かに助けてもらって一緒に生きていくのも自立の一つの形です。

どんなにがんばっても勇太君には無理なことがあるんです。できないことを無理にやらせるのではなく、できることを見つけてそれを伸ばせばいいんです」

担任の先生は結局、生きる力とは何かということを母に伝えたかったのだ。母は担任の言葉に感銘を受け、また気持ちが楽になった。

確かに勇太君は時々お金を嫌うような行動を取っていた。パスモを忘れて出かけたとき、勇太君は「電車に乗らない！」とごねた。またお店に行っても「買わない！」と叫んだ。別のときは、握らせたお金を地面に捨ててしまったこともあった。あれは今から考えると、お金を使って計算することがつらかったのだろう。

23＋39ができなくてもいい。４００円の物を買うには１０００円札を持っていけば大丈夫くらいのことが経験上分かるようになればいい。ゆるく育てていけばいいのだと母は思い直した。

だが、親の心理とは複雑であり、理屈と感情がもつれることがある。もし可能ならばお金をやはり使えるようになって欲しいと思ってしまう。お金のつかみ取り計算は今も続けている。

④知能検査

中学校生活が終わりに近づいた頃、久しぶりに知能検査を受けた。田中ビネー検査の結果は、「ＩＱは37、精神年齢５歳８カ月、実年齢より９歳９カ月の遅れ、非常に低い領域」と書かれていた。４歳で受けた検査とＩＱがほとんど変わらなかった。いろいろなことを体験させ、日々の中でできることも少しずつ増えていたので、この結果は母にはショックだった。こんなに低いとは思っていなかった。

検査の帰り道、電車を見て嬉しそうにしている勇太君を見て母は不憫になった。自閉症という障害を受容したときに、「こんなふうに生んじゃってごめんね」と心の中で謝った気持ちが蘇ってきた。

母は何度も勇太君の障害を受容していた。受容したと思っても、つい、「こんな簡単なことがどうしてできないの！」と怒りたくなる衝動が湧く。そしてまた諦めて、この子にはできないんだと受容する。ＩＱ37という数字を見て、母はまた改めて勇太君に多くを要求してはいけないと思った。

このことをきっかけに、「ＩＱ37なのに切符が買えてすごいじゃない！」と誉めてあげられるようになった。炊飯器からご飯をよそっている姿を見ても、「知的遅れがあるのにご飯をよそうことができて偉い！　食べ終えて食器を下げてがんばっているね！」と誉めることができた。

知能検査の結果を知って、悲しい気持ちと愛おしい気持ちがない交ぜになった。勇太君に対する母の見方が変わった。

「どんなにがんばっても知能指数を上げることはできない。だけど生活体験を積んで、できることを増やしていけばいいんだ。これまでだって知能が低いままで、いろいろなことを覚えていったのだから」

⑤ 財布からお金を出す

中学校生活の後半、勇太君は定期券を使って電車で通学をしていた。ある日、帰宅すると「お金、使った」と言う。勇太君の財布には、コンビニエンスストアで買い物の練習をするため３００円が入っている。そのお金を使ったらしい。

何に使ったのかを母が聞いてみると、電車だという。もしやと思って定期券を調べてみると、期限が切れていた。それで母はすべてを理解した。勇太君は期限の切れた定期券で改札を通ろうとした。ブザーが鳴って扉が閉まったはずだ。何度タッチしても同じことのくり返しだ。駅員に叱られたかもしれない。

だが、勇太君は自分から財布を取り出してお金を払ったのだ。自閉症の子が最も苦手な、不測の事態に対応したのだ。

勇太君が保育園児だった頃、いつも通る道路が工事中で迂回路が示されていたことがあった。勇太君は回り道をすることができなかった。断固としていつもの道を進もうとした。無理に迂回させるとパニックを起こす。だからそういうときは、外出を諦めて帰宅した。

母は「この世は安全で安心な所なんだ」ということを伝えるために、勇太君のこだわりにはとことん付き合ってきた。だが、もうそういう配慮は少しずつやめていってもいいのかもしれない。予測しない事態にぶつかったときに、それを乗り越える体験をさせていってもいいのかもしれない。

過干渉と言ってもいいほど、母は勇太君に過保護に接してきた。勇太君の中学の卒業と同時に、自分の子離れの時期も近づいていると母はしみじみ思った。

２０１６年の４月、勇太君は特別支援学校高等部に進んだ。知的障害を証明する療育手帳を持っている勇太君は、無条件で特別支援学校高等部へ入ることができる。知的障害を伴わないアスペルガー症候群の子どもとは、その点でやや違いがあった。授業料は月額わずか１００円である。ただ、特別支援学校高等部を卒業しても高校卒業の資格は得られない。しかし勇太君の将来に学歴は関係ないので、母は、十分恵まれた環境に勇太君はいると感じた。

11章　トイレに対する偏愛

① 最初はＣＯＡＣＨのバッグ

最初に身に着けた物品や、置かれた環境に勇太君が強くこだわることは7章で書いた。これとやや似ているが、勇太君はある特定の物に対して強い愛着を示した。

最初は小学校に上がる少し前の頃だった。勇太君はＣＯＡＣＨのバッグに強い関心を持った。ＣＯＡＣＨのデザインは、頭文字の「Ｃ」を2個、タテやヨコに組み合わせてこれを一面に並べるというものだ。勇太君はＣＯＡＣＨのバッグ、それもベージュ色のバッグが大好きだった。母はＣＯＡＣＨのバッグを持っていなかったのになぜか興味を持った。

母と勇太君が繁華街を歩いていると、勇太君は女性の持つＣＯＡＣＨのバッグを目敏く見つける。スーっと母から離れてバッグの女性を追っていく。そして「C」のデザインの場所をペタッと触るのだった。

だがこれは長く続かず、小学校低学年の頃には非常口のマークに興味が移った。扉から人が走り出ていく緑色の表示である。母子で外出し、デパートや大型家電量販店の大きな建物に入ると、勇太君は非常口マークを探し求めて走り回った。マークを見つけると、魅入られたようにずっとそのマークを眺めていた。この行動は2年くらい続いた。

次に興味を持ったのは、消火器である。小学校3年生から4年生にかけてである。勇太君は町中で消火器を探し回った。消火器などそうそう見つからなさそうに思えるが、実は案外いろいろな所にある。デパートの廊下の隅、電車の非常ボタンのすぐ隣、バスの運転手の足下。勇太君が次々と消火器を見つけ出すことに母は驚いた。

そして勇太君は消火器を見つけると、ただそれを眺めているだけではなく、消火器のメーカーと品番を一生懸命見ようとした。消火器の色とか形よりも、むしろメーカーと品番をチェックすることに熱中しているようだった。

小学校の高学年から興味はトイレに移る。

②記憶と記録

これと言って特にきっかけはなかった。ある日、公衆トイレに入ると洋式の便座を食い入るように見つめていた。この日からトイレに強い愛着を見せるようになった。非常口マークや消火器と違って町の中には至る所にトイレがある。だから勇太君がトイレを見始めるときりがなかった。

デパートのトイレに入ると、個室の中に入り便座の蓋を開ける。排水口に向かって緩やかに曲線を描く陶器の形をずっと見ている。確認が済むと次の個室に入り、また便座の蓋を開ける。デパートには各階にトイレがあるので、全部を合わせると大変な数になる。勇太君はすべてのトイレを見て回った。

このトイレに対する偏愛は一向に冷めることがなく、現在でも続いている。最初の頃、勇太君はトイレを見つめるだけだったが、次にメーカーや品番に興味を示し始めた。便器の型を暗記し、自宅に帰ると数十種類の便器の絵を描き、メーカー名と品番を書き添えた。

排水ボタンを押して、水が吸い込まれていく様子にも興味を持つようになった。ゴーという音を立てて水が渦を巻いて消えて行く様を、勇太君は目を輝かせて見つめた。

中学生になってもこの行動はまったく変わらない。デパートの１階から最上階まですべてのトイレに入り、数え切れない程の便器を確認する。いや、数え切れないと言ったのは、母から見て数え切れないということであり、勇太君は自分が見た便器をすべて暗記している。帰宅するとそれをすべて書き出すのだ。

一例を挙げるとこのようになる。２０１４年の夏の一日である。

東急東横店のトイレ（２０１４年８月10日）
南館７階トイレ
洗面台はＴＯＴＯ製 CeFiONtect 仕様の壁掛ハイバック洗面台 L120DM を２台使用しています。蛇口は自動水栓です。液体石鹸も備え付けられています。洗面台の間には、ＴＯＴＯハンドドライヤーがあります。
小便器はＴＯＴＯ製 CeFiONtect 仕様自動洗浄小便器 US800CE を３台使用しています。１台には、手すりがあります。
個室は洋式×２あります。便器はＴＯＴＯ製 CeFiONtect 仕様「パブリックリモデル便器」CS460M を使用しています。

洗浄装置は光電センサー式フラッシュバルブ（オートクリーンCオールインワンタイプ）です。便座はウォシュレットP（男性用）です。ベビーチェアもあります。

奥の個室はスペースが広めになっていて、便器と洗浄装置は同じ機能です。

奥の個室はベビーチェアもあります。ベビーシートはＴＯＴＯの YKA13 です。

南館8階トイレ　多目的トイレのドアは自動（押しボタン式）

洗面台はやはりＴＯＴＯ製 CeFiONtect 仕様の壁掛ハイバック洗面台 L120DM で、蛇口は自動水栓で、液体石鹸も備え付けられています。洗面台の左には、ＴＯＴＯハンドドライヤーがあります。

小便器はＴＯＴＯ製 CeFiONtect 仕様自動洗浄小便器 US800CE を2台使用しています。１台には、手すりがあります。

個室は洋式1室で、スペースが広くなっていて、便器はＴＯＴＯ製CeFiONtect仕様「パブリックリモデル便器」CS464Mを使用しています。洗浄装置はオートクリーンＣ（ｅｃｏリモコンフラッシュバルブ）です。便座はウォシュレットＰＳのリモコン仕様です。

ベビーチェア、ベビーシートがあります。ベビーチェアとベビーシートはＣＯＭＢＩ製です。

個室内には、着替え台があります。着替え台もＣＯＭＢＩ製です。

多目的トイレです。便器はＴＯＴＯ製CeFiONtect仕様サイホンゼット便器CS465を使用しています。洗浄装置はタッチスイッチ式フラッシュバルブ（オートクリーンＣコンビネーションタイプ）です。

念のためにもう一度言うが、これは記録のごく一部である。勇太君が中学生になったばかりの頃は、鉛筆を使って几帳面な文字でＡ４の紙にびっしりと書いていた。中学2年生になってからは、母に買ってもらったパソコンに、紙のメモ内容をすべて書き写す。

ちなみにパソコンの操作は、勇太君がほとんど自力で覚えた。ローマ字入力で、ひらがな・カタカナ・アルファベットを入力する。漢字変換もできる。

もう一つの勇太君の能力は、トイレの見取り図を描くことである。デパートなどのトイレには、入り口のところに男子トイレと女子トイレの案内図が表示されている。俯瞰する形でトイレの中の小便器と洋式便器、和式便器、洗面台が数十個並んでいる。それを勇太君は暗記する。男子トイレに関しては実際に自分の目で見るから記憶が強化されるのだろう。この案内図を自宅に帰ってから紙に描く。便器のメーカーと品番を暗記することと、記憶に留めるという点で共通している能力である。

③祖父の怒り

母は勇太君のトイレへのこだわりを容認していた。こだわりを認めてあげるというのが母の考え方である。祖母もうるさいことは言わなかった。しかし祖父は違っていた。

勇太君が中学2年生の２０１４年、家族４人は箱根に観光旅行へ行った。各地の観光名所を見て回る2泊3日の旅行だった。大人たちは名所旧跡を楽しんだが、勇太君の興味はやはり公衆トイレだけだった。母は公衆トイレを見つけると、少しの間、時間をあげて、勇太君にトイレを見させた。祖父はその間ずっとイヤな顔をしていた。勇太君は観光名所には何の興味も示さなかったが、トイレの便器を夢中になって見つめた。

その間、家族はトイレの外で待たされる。祖父はイライラして「いいかげんにしろ」と吐き捨てて、機嫌がますます悪くなっていた。祖母は「まあ、いいじゃないですか」ととりなした。母は、大人の見たいものと、自閉症である勇太君が見たいものは根本から違っているのだから、たとえ旅行であっても勇太君には見たいものを見せてやりたかった。

旅が終わって電車が新宿駅に到着する。母は事前に「最後は新宿駅でトイレを見ていいよ」と勇太君に伝えてあった。勇太君は早速トイレに直行した。そのとき、祖父の怒りが爆発した。

「いいかげんにしろ！」

祖父の怒声に勇太君はパニックを起こした。暴れて大声を出して祖父を睨《にら》む。しかし母から見るとその表情は、怒っていることを必死で押し隠し、祖父の怒りの火に油を注がないようにしていることが分かった。母は祖父に食ってかかった。

「勇太は自閉症なんだから、仕方ないでしょ！ トイレが好きでこだわりがあるんだから見せてあげて！」

祖父の怒りは収まらなかった。

「そんなの理由にならない！　そういう行動はやめさせろ！　ト、トイレなんか見やがって」

祖父はさっさと電車に乗り、一人帰ってしまった。残された母は祖父に対する不満で腹が立って仕方なかった。勇太君にトイレへのこだわりを禁止するつもりはまったくなかった。祖母も一緒になって腹を立てた。

「どうしてあんなに怒るんでしょう。まったく理解できないわ」

パニックが収まり勇太君の顔から怒りが消えて表情がなくなった。この日以降、勇太君は以前にも増して祖父を避けるようになった。その一方でトイレに対する偏愛ぶりはますます高まっていくのだった。

④動画にのめり込む

そのうち勇太君はパソコンで無料動画サイトに便器がアップされていることを知った。洋式便器に水が吸い込まれていく動画をいくらでも視ることが可能だ。無数にある便器の中でも勇太君はTOTO社の品番C48Aが好みである。そこで「TOTO C48A」と入力すると、C48Aを含めてそれに関連する便器の動画がいくらでも出てくる。勇太君は動画にのめり込んだ。

一体誰が何の目的でこうした動画をアップするのだろうと母は不思議に思うが、勇太君にトイレの動画を視ることは禁止していない。電車やプラレール、アニメの動画を視ることは許しているのに、トイレだけ禁止するのはおかしいと判断したからだ。ただし、さすがに食事の時間帯だけは禁止にしている。

特別支援学校高等部に入った勇太君は、自分で動画を撮って動画サイトにアップしたいと言い出した。母は動画サイトの使い方を知らなかったので、撮影だけは許可した。ただし、勇太君は動画撮影機能の付いた携帯電話を持っていないので、母が貸すことになった。そこで三つのルールを設けた。

①年に2回まで
②女子トイレ禁止
③多目的トイレの個室に入り、鍵をかけて撮影する

たとえば、ある休日に母子は、池袋に出かけた。東京芸術劇場地下3階から5階までの12ヵ所、西武デパート地下2階から11階まで28ヵ所、合計40ヵ所を撮影した。全部で3時間かかった。勇太君は達成感で顔が上気し、「全部撮れた！　よかった！」と喜ん

だ。

スマートフォンの「写真」のアイコンをタップすると、一面に便器のサムネイルが並んでいた。まるで貝殻一覧である。これをパソコンに移す。

翌日から勇太君は毎日動画を見つめ、スマートフォンを耳に当てた。毎日である。動画を再生し、ガバガバ・ゴー・ゴロゴロという音を聴く。そのうちに、動画を視ないで、音だけで便器のメーカーと品番を口にするようになった。合っているのかどうか、母には判定のしようがなかったが、勇太君が持つ絶対音感と記憶力を考えれば、適当に言っていることはあり得ない。水流の音で便器の種類を聞き分けているのだ。

2017年の夏、母子は比叡山へ旅行に行った。山頂に上がる前、芦屋駅・梅田駅・新大阪駅・京都駅でトイレ散策をし、スマートフォンで動画を撮影して勇太君は大満足だった。最後に行く場所は比叡山の山頂だった。そこへ行けば多目的トイレがたくさんあると思い込んでしまったらしい。しかし山頂まで足の不自由な人や高齢者が来ることは少ないので、多目的トイレは一つしかなかった。

勇太君はすっかり気分を害した。帰りのロープウェイではふて腐れてしまい、しまいには泣きわめく始末だった。

それでもホテルに着くとノートを広げ、角張った文字で便器のメーカーと品番をずらりと書き出していった。母が数えてみると、全部で54個あった。4日間にわたるトイレの記憶の蓄積である。

⑤ TOTOに就職？

勇太君の特異な才能を知って友人は、「その才能を伸ばしたらどう？」とか「TOTOに就職できるんじゃない？」と言ってくる。しかし勇太君の興味は便器であって、TOTOではない。ためしに家電量販店のトイレコーナーに連れていったことがあったが、勇太君はそこにあった便器にちっとも関心を示さなかった。つまり使用されていない便器に興味はないのだ。

そして最近になって新宿のTOTOショールームに行ってみた。便器がずらりと並ぶ中で、そのうち数個は実際に水が流せるようになっていた。勇太君はその水流を興味深く見ていた。しかしショールームの便器よりもエレベーター脇の公衆トイレの方により興味があったようで、そちらの便器を熱心に見ていた。結局この日は、ショールームの帰りに小田急ハルクや小田急百貨店のトイレを1時間散策したのだった。

自閉症児はクルクル回るものに興味を持つことが知られている。勇太君は便器の中で水が渦を巻くことに惹かれるのだろうか。そうかもしれないが、勇太君は便器以外でクルクル回るものに目を奪われたことはなかった。それに彼はメーカーや品番に強い関心を持つ。見取り図を描くことに熱心なのも特徴的である。

　母の知り合いの自閉症児の中には、同じようにトイレに興味を持つ子がけっこういるという。はっきりした理由はやはり分からない。もしかしたら、渦を巻くという動きにではなく、便器が水できれいになるという現象に興味があるのかもしれない。かつてスーパーマーケットで豆腐や納豆をきれいに並べていたように、水を流してすっきりした場面を見て、その心地よさが心に焼きついたのかもしれない。ＴＯＴＯのショールームの便器に強い興味を持たなかった理由も、きれいでない物がきれいになるというリアル感がないからかもしれない。

　勇太君は今日もパソコンでトイレの動画を視る。トイレにこだわりを持ってからすでに10年近くになる。母はもうそろそろ卒業してくれてもいいのではと思っている。なお、勇太君は自宅のトイレには興味がない。

12章 確認がやめられない

① 教材を確認する

中学2年生のときのある晩、勇太君は明日の学校に備えてリュックサックに教材を詰めていた。一通り詰め終わると、リュックに手を入れて中を探った。しばらくそうしているうちに、教材をリュックから取り出し、一つひとつを確認し、すべてをまたリュックに収めた。すべてを収めると、また同じようにリュックの中身を確認し始めて、何度も同じことをくり返し、それはなかなか終わることがなかった。

母は勇太君の様子を見守ったが、何か尋常でない感じがした。リュックの中身を何度も確認するのは一見すると、自閉症児特有のこだわりにも見える。しかしそれにしても、くり返す数が多すぎると思った。そして母は勇太君の表情に注目した。

自閉症のこだわりは、本人が好きでやっていることである。だから楽しそうな表情になる。ところが、リュックの中身を何度もチェックする勇太君の表情はとても苦しそうだった。まるで好きではないのにイヤイヤやっているように見えた。

別の日はスイミングスクールに出かけた。このときも、前日から水泳用リュックにゴーグルや水着などの必要な一式をしっかりと揃えた。この几帳面な準備の仕方も自閉症児の特徴である。

母が勇太君を連れてスイミングスクールに向かって歩道を歩いていると、勇太君は突然道端にしゃがんでリュックの中身をすべて出した。一品ずつリュックの中に戻していき、すべてを収めるとリュックをかついで歩き出した。ところが数分経つとまた、道路にしゃがみ込んで、内容の確認をおこなうのだった。やはりこのときも、勇太君の顔つきはとてもつらそうに見えた。

母の頭にはひらめくものがあった。「これは自閉症のこだわりではない。強迫性障害だ」と。実は、母は20代の頃に、強度の強迫性障害に苦しめられたことがあった。症状はこじれにこじれ、外来通院治療では治らずに9カ月間も入院した経験があったのである。

強迫性障害とは、自分自身で不合理だと分かりながら、あることを何度もせざるを得ないように心が強いられることである。

たとえば、他人や自分自身を傷つけてしまうのではないかと不安になり、火の元・スイッチ・戸締まり・テレビやインターネットの健康情報などの確認を過剰にくり返す。

また、汚染されたものや病原体によって他人や自分自身が病気になってしまうのではないかと不安になり、手洗い・歯みがき・入浴・洗濯・掃除を過剰におこなってしまう。

さらには、特定の言葉・色・数字は縁起が悪いという思いに取りつかれ、それを破ると悪いことが起きるのではないかと不安になり、日常の動作を縁起のよい回数でおこなおうとしたり、やり直したりしてしまう。

強迫性障害の特徴は、自分でそれが間違った考えだと思いながらやめられないことにある。それゆえ、本人はそのくり返し行動がとてもつらくなり、しだいに日常生活に支障をきたす。母は勇太君の表情を見て、児童精神科に連れていこうと決めた。

②薬物療法を始める

最初に訪れたのは、東邦大学医療センター大橋病院だった。予約の日、母は診察室に入り勇太君の行動を詳細に説明すると、早速自ら切り出した。

「勇太の行動は自閉症のこだわりじゃないと思います。強迫性障害だと思います」

医師はうなずいた。

「お母さん、よく気付かれましたね。確かにこれは強迫性障害です。自閉症の子は思春期になると心が不安定になって強迫性障害になる子がいます。まずは薬物療法から始めましょう」

医師が処方したのは、自閉症児の易刺激性《いしげきせい》を抑える薬（リスパダール）と、強迫性障害治療薬（デプロメール）だった。しかしこれらの薬はまったく効果を表さず、勇太君の確認行為は一向に収まらなかった。

そこで母は勇太君を花クリニックに連れていった。ここは20代だった頃に母が通ったメンタルクリニックだった。クリニックの先生は、リスパダールをエビリファイに変更した。エビリファイも自閉症児の易刺激性を抑える薬である。母は新しい薬の組み合わせに期待を抱いたが、やはり勇太君の確認行為に変化はなかった。

そんなとき、母がテレビで放送大学の授業を視ていると、強迫性障害に対する認知行動療法についての講義があった。母はこの方法でなら治せるかもしれないと思った。

認知行動療法とは、精神療法の一つである。精神療法と言えば、一般の人はフロイトの精神分析を思い浮かべるかもしれない。精神分析の最大の特徴は無意識に働きかけて治療していくことにある。それに対して認知行動療法は、今、意識していることに注目して患者の苦しみを取り除いていくことに特徴がある。

認知療法とは、心の問題の背景に考え方のクセがあるとの前提に立ち、そのクセを合理的でバランスのよいものに修正していくことで心の問題を解決する治療である。

行動療法とは、行動面に働きかけることで、行動のクセを修正し生活の問題を解決していく治療である。

ただ認知行動療法のもう一つの特徴は、セラピスト（治療者）と患者が対話を通じて治療を進めていくことにある。母が、花クリニックに認知行動療法をお願いすると、「会話ができないし、知的にも遅れていますから、勇太君のような自閉症のお子さんには無理です」と断られてしまった。

③東大病院の「宿題」

情報を集めると、思春期の強迫性障害に関しては、東大病院精神神経科が日本で最もレベルの高い病院のうちの一つであると知った。初診はK先生が担当するが、K先生が診る患者数の枠は20だった。受付開始時刻と同時に電話を入れると話し中で電話はつながらず、母は毎日電話をかけ続けた。初診の予約を取るまでに3カ月かかった。

初診の日、勇太君を連れて母はK先生に面談し、勇太君の自閉症の行動と強迫性障害の症状を2時間にわたって伝えた。医師はこれまでの薬を変更しようとは言わなかった。最初に説明したことは、「強迫行為を無くすことではなく、これ以上悪化させないことがまず重要です」というものだった。そこで母は「東大病院では認知行動療法をやってくれるのでしょうか？」と尋ねた。先生は答えた。

「まったく話せない重度の自閉症で、強迫行為がやまない人でも、行動を変えることはできます。認知行動療法にはさまざまなやり方がありますから、勇太君にもできますよ」

母は念のために改めて「認知行動療法とは具体的にはどういうものですか？」と聞いてみた。医師は、「たとえばエレベーターが怖いとしますよね。それならば、エレベーターをエレベーターと思わせずに、段ボールの箱だと考え方を変えさせていくものですよ。そして体験を経ることによって問題を解決していくんです」と説明した。

母は分かったような、分からないような気がした。セラピストと患者の間で会話が成立しないものを認知行動療法と呼んでいいのか、そこは母にははっきりしない。しかしいずれにしても、医師は面談のたびに勇太君に「宿題」を出した。それは確認行為を「5回から4回にしようね」といった具体的な指示だった。

勇太君は先生の言いつけをよく守った。リュックの中身を確かめる強迫行為にブレーキがかかった。5回の確認を4回で済ませられるようになって、次の外来を受診すると、そのことを先生から誉められた。

「勇太君、お母さんから聞いたよ。すごくよくがんばっているね。我慢できたんだね。先生も嬉しいよ。またこの調子で1週間やってみて下さい」

誉められることが自信になり、確認行為をしなくて済んだという自信が次の結果につながっていった。結果を積むことでそれがいい体験になり、勇太君は前向きに「宿題」に取り組んだ。

振り返って考えてみると、母は間違った対応をしていた。あるときは、「いいかげんに確認行為はやめなさい」と一切の確認を禁止した。またあるときは、「お母さんが一緒に忘れ物があるかどうか見てあげるから」と強迫行為を手伝っていた。すべてを禁止したり、一緒になって強迫行為に走っていたり、まるで一貫性のない行動を取っていたのだった。

そうしてしまった理由は、やはり自分自身の若い頃の強迫性障害のつらかった記憶に原因がある。勇太君のつらさが見て取れるから、つい何とかしようとその時々で場当たり的な対応をしてしまっていたのだ。

東大病院にかかるようになって勇太君の強迫性障害は少しずつ改善していった。しかし事態はそんなに簡単には解決しなかった。

④ 巻き込み

勇太君は母を巻き込むようになった。以前は自分だけで黙々と確認行為をやっていたが、母に向かって「忘れ物、ない!?」「忘れ物、ない!?」と聞くようになった。母もかつて自分が家族を巻き込んだ経験があったので、これは巻き込みだと気付いた。しかし分かっていても巻き込まれていく。

母が「忘れ物、ないよ」と答えると、勇太君はなおも「忘れ物、ない!?」と聞いた。母は同じ答えをくり返す。すると勇太君は同じ質問をくり返す。これが1時間、2時間と続いた。

母はK先生に相談したりしながら、対応を考えた。まずやってはいけないことは、巻き込みに付き合うことだ。母が確認行為を手伝って忘れ物がないことを納得させるやり方は一番よくない。こうすると終わりが無くなるからだ。一方で、「あなたの確認には応じません!」と勇太君を拒絶することもやってはいけないことだった。こうすると、勇太君の不安がますます増強するからだ。

だから母は1回だけ確認に付き合うことにした。

「今日はこれ1回だけだよ。次は明日の朝にして。東大の先生にも言われたよね。確認を減らそうね」

こうすると勇太君は不安そうな表情をするものの、母に対する巻き込みを1回だけにして就寝するようになった。

なぜ、勇太君は強迫性障害になったのだろうか。実は理由は分かっていない。2章のジェットタオルの話で、自閉症の二次障害について記した。二次障害にはいろいろなものがあるが、強迫性障害もその一つである。しかし勇太君は自閉症児として強いストレスを受けることはなく、比較的平穏な毎日を過ごしている。従って二次障害として強迫性障害を発症した可能性は低い。母が若い頃に強迫性障害になったように、思春期の若者にある情緒の不安定さが原因なのかもしれない。

なお医学的には、自閉症・チック・摂食障害（拒食症と過食症）などは、強迫性障害と広い意味で関連があると考えられており、これを強迫スペクトラム障害と呼ぶことがある。しかしこの概念には具体的な診断基準があるわけではなく、勇太君が強迫スペクトラム障害に相当するかは定かでない。

⑤ 忘れ物をする

中学2年で始まった強迫性障害は現在も続いている。しかし高等部1年の冬のある日、勇太君はスイミングスクールに行くと、リュックの中に水着も水泳帽もないことに気が付いた。勇太君は叫んだ。

「わあ、お母さんが入れてくれなかった！」

コーチは勇太君を諭した。

「何でお母さんのせいにしちゃうわけ？　自分でちゃんと用意してね」

コーチから連絡を受けて、母は前日にリュックに入れる水泳道具の手伝いを怠ったことに気付いた。そして嬉しくなった。忘れ物ができたからだ。勇太君の確認行為が明らかに減った証拠である。

さらにコーチに向かって自分の窮状を訴えたことも嬉しかった。以前であれば、無言になってしまったはずである。言葉に出して、自分が今困っていると伝えられるのは、自閉症児として大きな成長である。

東大病院のK先生も焦らずに一歩ずつ進むことの重要さを説明してくれる。強迫性障害は簡単には治らない。だから焦ってしまうことは禁物なのである。

「お母さん、勇太君の確認行為は改善していますね。5回から4回になり、そして3回、2回と減っています。だけどまた後退して3回になってしまうこともあり得ます。でもそういうときに落胆しないで下さい。こうして行きつ戻りつしながら治っていくのです」

母は思う。もし2回だった確認行為が3回に増えたとき、「5回だったときよりも減ったのだからよい」と自分も勇太君も考えることができれば、それは大きな進歩だと。

勇太君と母は信頼できる先生と出会って、少しずつ強迫性障害を克服しようとしている。

13章 生活音が怖い

① 大きい音が嫌い

ジェットタオルの音に苦しんだことはすでに書いた。勇太君は自宅の中での生活音もダメだった。2歳の頃の勇太君は掃除機の音にパニックになった。母が掃除を始めると、両手で耳を塞ぎ、泣き叫んで暴れる。明らかに機械の出すモーター音が原因だった。母は掃除ができなくなり、勇太君が眠ってから掃除機をかけるようになった。夜の掃除機にまたも階下から苦情が来た。

3歳になって美容室に行った。そこにはドライヤーの音、バリカンの音が満ちていた。勇太君はたちまちパニックになり、店内で大暴れした。母は勇太君の髪の毛を切ることを断念し、しばらくは髪を伸ばすことにした。

入浴のあとにドライヤーを使うことは不可能だった。タオルで拭くよりなかった。そのうち、いよいよ髪の毛が長くなり、母は思いきってバリカンを購入し自宅で勇太君の頭を刈り上げた。パニックは起きなかった。彼が嫌っていたのはドライヤーの音だったのだ。これ以降、勇太君は現在に至るまで坊主刈りである。もちろん、坊主刈りならドライヤーが不要だからである。

その後、洗濯機の音でパニックを起こすようになった。食器洗浄機の音でも同様だった。この問題を解決するには、その機械を勇太君がいるときは使わなければいい。母は勇太君が嫌う音を徹底的に遠ざけた。

小学校に入っても勇太君は騒音が嫌いだった。通学のときは、耳栓をすることもあった。しかししだいに音に対する過敏性は改善していき、耳栓も高学年になるとしなくなった。ただなぜか食器洗浄機の音だけは長くダメだった。つい最近になり食器洗浄機が壊れ、違う型になったことを機に、母が「もう大きくなったから大丈夫だよね？」と説得したところ、本人は納得したらしく食器洗浄機の音を受け入れた。夜中に食器洗浄機を使うことはなくなったのだった。

ところで、前述したが勇太君には極端な偏食があった。しかしそれは自宅だけでのことだった。保育園や小学校では給食を完食した。ところが自宅では5種類の料理しか食べない。勇太君の友だちの自閉症児には味覚過敏の子が何人もいる。勇太君にも味覚過敏の可能性があったが、保育園や小学校では偏食でないことを考えると、彼の持つパターン化されたこだわりの方が可能性は高そうだった。

現在の勇太君は外食のメニューが完全にパターン化している。丸亀製麺に行けば、きつねうどんを注文し、サイゼリヤへ行けば必ずたらこスパゲティーとほうれん草のソテーを食べる。メニューを見て迷ったり考えたりしない。一方で、自宅での5種類のメニューに対するこだわりを捨てた。母はその理由を、偏食を直そうとしなかったことにあると考えている。

② 体を触られたくない

保育園の頃、勇太君は背中を触られることが好きではなかった。しかしそれだけでパニックを起こす程ひどくはなかった。ただ、幼児期の勇太君が自分から母に抱っこを求めてくることは一度もなかった。自閉症児の中には、体に触れられることを異常に嫌がり、パニックになる子がいる。触覚の感覚過敏である。

私が大学病院で勤務していたかなり以前のことであるが、新生児期に消化管奇形の手術をした子で、外来でフォローしているうちに自閉症と診断された子がいる。念のために言っておくが先天性の腸の奇形と自閉症は何の関係もない。偶然自閉症が明らかになったのだ。その子は診察しようとすると、大暴れして診察室の隅にうずくまり動かなくなってしまう。

あるときの外来でその子は明らかに風邪を引いていた。母親の話からも間違いなかった。触診や聴診は医師にとって基本の手技であるが、医師の診察技術はそれだけに限らない。問診と視診も同様に重要である。重篤な病気であれば別だが、上気道炎や胃腸炎だけなら話を聞けば診断も付くし、正しい処方もできる。

私はその子の母親に対して、「お話を聞けば分かりますから、聴診はやめましょう。大丈夫ですから」と声をかけた。だが、母親は大粒の涙を流した。おそらく私がその子を「聴診も受けられない子」と否定的に見たと思ったのだろう。もちろん私にはそんなつもりはなかった。自閉症児の感覚過敏を知った上で問診だけで十分と考えたのだった。その母親の心を傷つけてしまい、私は非常に心苦しくなったことをよく覚えている。

では感覚過敏のある自閉症児に対してどのように接すればいいのだろうか。

③安全基地を作る

母は聴覚過敏のある勇太君にどう接するかを考えた。その答えは勇太君にイヤな思いをさせないことだった。掃除機の音が嫌いならば本人がいるときは掃除をしない。食器洗浄機の音が嫌いであれば、食洗機を使わない。イヤな体験をさせないことで勇太君に安心感を植えつけた。

こういうことを続けていくと、勇太君の心が安定していく。心が安定していけば、徐々に音を受け入れられるようになる。ところが逆に、子どもに我慢させて音に慣れさせようとすると、心が不安定になり、ますます音が嫌いになっていく。

だから母の目標は勇太君が幼いうちは、勇太君にとっての安全な基地を作ってその中で勇太君を守ってやることだった。子どもから見た場合、母親とは自分を守ってくれる人間だと教える必要があった。

ジェットタオルの音のときもそうだ。母親と一緒に外出すれば、ジェットタオルのないトイレに連れていってくれると勇太君に教えてやるのだ。そのことによって勇太君は外出ができるようになり、自宅以外の公衆トイレも使えるようになったのだ。

無理強いは絶対によくない。厳しい方針で勇太君を育て続ければ、勇太君はずっと不安の中で生きることになる。いや、不安どころかこの世の中が恐怖に思えるだろう。恐怖が恐怖を呼び、際限なく広がるのである。

安心できる日が長く続くと、自然と音に対する我慢が可能になる。こだわりを捨てることも可能になる。

主治医のM先生からは、「勇太君のこだわりにはとことん付き合って下さい」と指導されていた。また、「こだわりとわがままは別です」とも言われていた。

確かにそうだと母は思う。幼少期に勇太君は、欲しいおもちゃがあると店先の地面に転がって激しく駄々をこねた。しかしよく見てみると、それはこだわりが破られたときのパニックと比べては迫力が弱かった。母は直感した。

「これはわがままだ。こだわりじゃない」

そういうときは、母は勇太君の言うことに応じなかった。

「このおもちゃは、誕生日のときにしか買いません。これがうちのルールです」

母は「ルール」という言葉を使って勇太君を教育したのだった。

④ 喘息の治療と同じ

自閉症児のこだわりや感覚過敏にどこまでも付き合うのはかなり難しいことではある。だがそれは絶対に必要なことだとM先生は言った。勇太君が小学校に上がる前である。

「お母さん、あなたがもし人の履いたスリッパは履けないというこだわりがあったときに、それでも履けって命令されたらイヤですよね？　人が口を付けたペットボトルの水を飲めますか？　飲めない？　じゃあ、無理に飲めって言われたらイヤですよね。それと同じなんです」

　こんなことは大したことではないと思っても、自閉症児には耐えられないことがあるということを先生は諭した。

　そうした話を聞いたときに、母はアレルギー科の主治医から勇太君の喘息に関する説明も聞いた。勇太君は毎日自宅でステロイドの吸入療法をやっていた。しかし母にはステロイドを吸い続けることへの抵抗感があった。喘息の発作が治まりつつあったので、母は主治医にステロイドをやめたいと願い出た。

「それは違いますよ、お母さん。喘息は発作を起こせば起こすほど、気道が敏感になって次の発作につながるんです。ステロイドを毎日吸って気道の炎症を少なくすれば、発作も起きにくくなります。発作を起こさない状態を続けることが一番重要なんです。だからステロイドの吸入は毎日して下さい。そうして初めて喘息はよくなるんです」

　母は説明を聞いて納得した。それと同時にM先生の話と同じだと気が付いた。

　自閉症の子は、パニックを起こせば起こすほどパニックを起こしやすくなる。いったんパニックを起こせば、心の中で不安が広がる。不安になれば、また親からパニックにつながるようなことをやられるのではないかと恐れるようになる。つまり予期不安になる。刺激に対して敏感になってしまうのだ。

これを回避するためには、勇太君が「大丈夫だ」と思える時間を少しでも増やしてやることである。これによってパニックは減っていく。母が得た結論はこれまでM先生から言われてきたことと見事に重なった。

⑤ 跳ぶ理由

勇太君は幼少の頃、ソファーからジャンプして着地する動作を延々とくり返していた。17歳になった現在でも、部屋の中を跳ぶように走っている。実はこの動きは多くの自閉症児に見られる。その理由はやはり感覚過敏に関係しているとされている。

音に対する感覚が過敏ということは、外から入ってくる音という信号を受け入れる脳の枠が狭いということだ。だから枠がすぐに一杯になってしまうので、勇太君は耳を塞ぐ。同時に枠が狭いということは、入ってくる音の情報が多すぎると処理をしないということでもある。だから自閉症児は呼びかけても反応しないことが多い。事実上聞こえていないようなものだ。

従って自閉症児の感覚は過敏と、その裏返しの鈍麻があると言われている。入力情報が少ないと思えば自分から刺激を求めていく。そのため、手をブラブラさせたり、体を前後に揺する。

そして自閉症児は聴覚以外のさまざまな感覚情報がバラバラに入ってくるとされており、本人はこれを統合するために、跳んで、複数の刺激を一つにしているという説がある。

本当の理由は誰にも分からないが、勇太君が跳びはねることを母はやめさせようとしたりはしない。

14章 相手の心が分からない

① 心の理論

自閉症の子は相手の心を読めないことが知られている。自閉症を解説した本を開くと必ず、心の理論というものが出てくる。心の理論を分かりやすく説明したものが、サリーとアンの課題である。図を見て欲しい。

サリーはカゴを持っている。アンは箱を持っている。サリーは自分のカゴにビー玉を入れて、部屋から出ていってしまう。その間にアンがビー玉をカゴから箱に移す。帰ってきたサリーがビー玉を探すのはどこでしょう……という課題である。

もちろん答えは「カゴの中を探す」であり、サリーの立場に立てば4歳以上であれば

ほとんどの子が正解することができる。ところが自閉症児では5歳以上でもこの課題を間違える。課題をもう少し単純にしても間違える。

筒型ケース入りのチョコレート、スマーティーズの課題である。スマーティーズはイギリスで有名なチョコレートなので、これを日本風にマーブル・チョコレートにアレンジして、もう一つの図に示す。

女性が自閉症の子に、筒の中身を尋ねる。子どもは「マーブルチョコ」と答える。女性が中を見せるとそれは鉛筆だった。その場に太郎が来る。女性は自閉症の子に、「太

郎は何と答える？」と聞く。

これも、自閉症児は「鉛筆」と答えてしまう。この実験は、自閉症児が太郎の心を読めないことや、「自分が間違ったので他人も間違うだろう」と想像できないことを示している。

自閉症児が相手の心理を読めないことは、日常の場面でしばしばトラブルを引き起こす。勇太君の友だちのE君は、自閉症だが知的な遅れがあまりない。だからよく喋る。その内容が、トラブルになる。E君が小学校高学年のときである。

E君を連れた母親が、ある知人の女性とショッピングセンターで話をしていた。E君は大きな声でこう言った。

「ママ、この人、太っているね」

母親は平謝りに謝った。自宅に帰って母親はE君に、女の人に向かって太っていると言ってはいけないと強く言い聞かせた。しばらくして、偶然また知人女性とショッピングセンターで会った。E君ははっきりと言った。

「ママ、太っている女性に向かって、太っているって言っちゃいけないんだよね」

相手の心を理解すること、場の空気を読むことができない。つまり言っていいことと悪いことの区別が付かない。これはまさにサリーの立場に立てないことと同じである。

勇太君は言葉が遅かったので、こうしたトラブルはあまりなかった。しかし中学生くらいになると言葉も増え、漢字もかなり読めるようになったため、町で見かけたものを周囲の状況に関係なく大声で読み上げていた。

「青山通り」

「成育医療研究センター前」

「京王プラザホテル」

こうしたものは母としてはやむを得ないと考えた。しかし、駅のポスターを見て、「痴漢は犯罪です、痴漢は犯罪です！」と声を上げるのには困った。ただ人との会話が少ないためにE君のようにトラブルになりかねない事態には至らなかった。

ところが、最近になってひやりとすることがあった。高等部2年になったある日、勇太君と母はタクシーに乗った。運転手が道を間違え、母に謝罪した。すると勇太君は運転手に聞こえる声で言った。

「この人、慣れてないね」

このときはさすがに母はドキッとした。

②アスペルガー症候群の難しさ

私たちは、仲間の中に場の空気の読めない人がいると、「あいつはKY（空気読めない）だね」とか、「あいつってアスペかも」などと言ったりする。アスペルガー症候群とは、分かりやすく言えば、知的障害のない自閉症スペクトラム障害である。スペクトラム（連続体）という言葉が付いているくらいだから、アスペルガー症候群も限りなく正常に近い人から、強い自閉症状を持っている人まで大きな幅がある。

知的障害がない分、軽症と思われがちであるがそれは大きな誤解だ。自閉症状の強いアスペルガー症候群の人は、過酷な生き方を強いられることがある。「あいつKYだね」では済まないような苦しみを抱えている人もいる。

勇太君から少し離れて、ある一人のアスペルガー症候群の青年の話を書きたい。彼の名をT君としておく。T君はアスペルガー症候群としてよくある人生を辿ったわけではない。けれどこんなふうにアスペルガー症候群に苦しむ人生もあるということをここで紹介したい。

知的障害のないアスペルガー症候群の子どもは、幼い頃から普通に話をすることができる。ただその言葉がかなり独特である。まず、相手の心理を読まずに何でも思ったことを口にする。悪い意味で正直すぎる。暗黙のルールが分からないため、年齢が上がるに連れてこれは大きな問題になる。

行動も特徴的である。同年齢の子どもと遊ぶのが苦手で、年上や年下の子と遊ぶ。年下の子に指図して自分の思いどおりにいかないとかんしゃくを起こす。また、いわゆる、ごっこ遊びができず、自分を何かに置き換える想像力に欠け、相手に合わせてストーリーを作っていくことができない。

会話はできるが、そのコミュニケーションの取り方は普通ではない。小学生のアスペルガー症候群の子の話し方は、変に大人びており、子どもが使わない丁寧語や大人の使う紋切り型の台詞を口にする。受け答えも、細かいことに異常にこだわり、話し方は非常に回りくどい。どうでもいい具体的なことを延々と喋る。

相手の表情を読むことはしないので、話は一方的になる。相手の事情を考慮しないので、その話し方はとても分かりにくい。自分の知っていることをいつまでも喋る。また、相手の言外のニュアンスが分からない。皮肉を言われてもピンとこない。

趣味や興味も一つのことに強くこだわる。テレビゲームの攻略に異常に執着したり、ある本の同じ場所をくり返し読んだりする。テレビ番組も同じものしか見ない。新聞を広げて文章を追っていくが、複雑な漢字にこだわってその文字をずっと見つめていたりする。

関心は人よりも物にある。おまけに人との接し方がうまくない。従って家庭の中でも学校の中でも良好な人間関係を築くことができない。T君はまさしくこういう子だった。両親は、よく喋るT君が発達障害であり、アスペルガー症候群であるとは夢にも思わなかった。

T君は小学校低学年の頃からしょっちゅう学校の友人とトラブルを起こした。急に行事のスケジュールを変更した担任に対してかんしゃくを起こし、教師に食ってかかったこともあった。親が担任から話を聞くと、明らかにT君が悪い。父親はT君を厳しく叱り、それは何年も延々と続いた。夫婦の間でも諍《いさか》いが絶えなかった。父親は妻に向かってしつけ教育の悪さを詰った。

そのうち、T君は学校でいじめに遭うようになった。完全にみんなから無視されるようになったのである。母親が担任に相談したが、これはいじめではなく、T君の態度に相当の問題があると言った。

中学に行っても、T君には一人も友だちができなかった。周囲から疎まれていたのが、やがて無視や陰湿ないじめに変わっていった。中学の担任教師も問題はT君にあると母親に指摘した。父親はますますT君に腹を立て、しばしば暴言を浴びせるようになった。手を上げることもあった。

しかしそれでもT君はかなり学業の成績がよかった。特に数学ができた。計算力が高かったのである。社会や理科は参考書を丸暗記するようなことができた。図鑑や地図帳などは何時間でも見ていた。学力を生かしてT君は地元で比較的レベルの高い高校へ進学した。けれど、そこでも対人関係はうまくいかなかった。

T君は絶えずイライラし、ときに母親に向かって怒りを爆発させた。睡眠障害になり、学校に遅刻することが多くなった。成績はどんどん落ちていき、高校3年になってほぼ不登校になった。これ以上の単位の習得は難しくなり、結局高校を退学した。けれども働く意欲はまったくなく、両親は困り果てた。

しだいに外出をしなくなり、だんだん引きこもりの生活に入っていった。昼夜が逆転し、昼間は眠っているので両親との会話は激減した。

20歳を超えたTさんは、いつの間にか酒の味を覚えた。母親から強引に金をせびり、深夜になると目を覚ましてコンビニエンスストアに向かった。部屋にこもって、壁を蹴り、叫び声を上げた。Tさんは朝も夜も睡眠薬を服用し、眠っているか暴れているかのどちらかのような状態になった。

両親は、Tさんが精神疾患ではないかと考え、精神科を受診させようとした。説得に1カ月かかったがようやくTさんを連れ出して精神科を受診した。この頃は本人も自分の苦しみをどうにかしたいと考えていた。長時間の面談をくり返すことで明らかになったことは、Tさんはアスペルガー症候群なのだが、それを周囲が誰も気付かなかったために二次障害を起こし、心のバランスを失ってしまったということだった。

Tさんは激怒した。

「何で今まで誰もアスペルガー症候群と言ってくれなかったんだ！　親は何をしていたんだ！　俺の今までの人生は一体何だったんだ！」

Tさんの家庭内暴力が始まった。家の中の物を壊し、両親に対して暴言を吐き、暴力を振るった。

「お前たちのせいだ！」

暴力はエスカレートし、包丁を持ち出すようになった。両親は警察に相談したが、事件がまだ起きていない段階では対応できないと言われた。夫婦はTさんを自宅に残し、アパートに移り住んだ。現在、解決の糸口はまったく見えていない。

③障害と虐待

アスペルガー症候群の話をもう少し続けたい。自閉症から二次障害に至る子どもは大部分がアスペルガー症候群・高機能自閉症だという指摘がある。子どもに明らかな知的障害があれば、親はどこかの段階で我が子を受容し、適切な育児に目覚める。ところが知的な遅れのない自閉症では、しつけのなっていない健常児に見えてしまうことがある。また、高機能自閉症と診断されても我が子を障害児と認識しにくい。その結果、過度のしつけなどの不適切な子育てが子どもに強いストレスをかけて二次障害を引き起こす。

現在、統合失調症やうつ病として治療を受けている成人の中には、相当数のアスペルガー症候群の二次障害の患者がいるという説もある。またこれと似ているが異なった説もある。成人で知的障害のない人が、統合失調症やうつ病などの精神疾患や行動障害で治療を受ける際、なかなか症状が改善されないことがある。こうしたケースの背景に高機能自閉症などの発達障害が存在する場合があり、これを重ね着症候群と呼ぶ。つまり、知的な遅れのない自閉症は、もともとほかの精神疾患などと大きなスペクトラムを作っている可能性があると指摘する学者もいる。

ただ、アスペルガー症候群の人が、知的な遅れを伴う自閉症の人よりも家族や社会から受け入れられにくいことは間違いない。二次障害を引き起こしやすいことは確かだろう。

同様の理由で虐待も起きやすい。

ダウン症の子や重度心身障害の子を虐待した親の話など私は聞いたことがないが、発達障害の子どもを虐待する親は確かにいる。

１９７０年代の新聞の縮刷版を調べていくと、親が障害児を殺害した事件が次から次に見つかる。ちなみに、日本の障害者の権利を訴える運動は、１９７０年に横浜で起きた知的障害児に対する子殺しがきっかけだった。このとき、子どもを殺した母親に同情する声が高まり、減刑嘆願運動が起きた。それに対して異議を唱えたのが脳性マヒ者協会・青い芝の会である。障害者は殺されてもいい存在なのかという問題提起が障害者運動の始まりだ。いずれにしても障害児を殺す親は減った。

しかし虐待は多い。

あいち小児保健医療総合センターからの報告がある（『子ども虐待という第四の発達障害』杉山登志郎、学研教育出版）。これによれば、子ども虐待としてセンターで診療した症例の、44%が発達障害である。このうちの9割以上が知的障害のない子どもであった。

また逆から見ると、こうなる。高機能広汎性発達障害（高機能自閉症）の子どもの９・７％が虐待を受けていた。くり返すが、社会性の乏しい子やコミュニケーションに問題のある子は、しつけの悪い子に見える。親はしつけようと躍起になり、それがうまくいかないと我が子との間に愛着形成ができない。過度のしつけは体罰になり、昂《こう》じると虐待になる。

アスペルガー症候群の子どもの生きづらさは私たちが想像しているレベルをはるかに超えているだろう。相手の心を読めないというのは、社会性の形成という意味で極めて重い障害なのである。

④　友だちにつきまとう

話を勇太君に戻す。特別支援学校高等部に進んだ勇太君はSさんという1歳年上の女子生徒に興味を持った。母から見てそれは恋愛感情なのか、こだわりなのか判然としなかった。とにかく勇太君はSさんに近寄っていってしまう。自宅でも勇太君はパソコンでトイレの動画を視ながら、「Sさ〜ん、Sさ〜ん」と名前に節を付けて歌っている。

学校からは、勇太君がSさんにしつこくすると連絡があった。そこで母は絵を描いた。二人の人間の間に線を引き、その線の長さに「1メートル」と注釈を加えた。

「人と話すときは、1メートル離れます。1メートルより近くくっついたら犯罪です」

勇太君は犯罪という言葉に反応する。

「警察、来る？」と聞いてくる。

「警察は来ません。警察は怖いものではありません。弱い人を守ってくれるのが警察です」

こういうときに、母は「Sさんの気持ちになって考えなさい。そんなに近寄ったらイヤでしょ？」とは言わない。勇太君は相手の心を考えることができないからだ。ただ、選択肢を提示して自主的に選ばせる。

「Sさんにしつこくすると、学校を退学になるよ。学校が退学になって毎日ずっとこの部屋にいるのと、しつこくするのをやめて学校に行くのと、どっちがいい？」

すると勇太君は神妙な顔で「学校に行く。しつこくしない」と言うのだった。

ところが学校から電話がかかってきた。

「下校のとき、東急バスの中で勇太君がSさんにしつこくつきまとって、バスの中を追っかけたようです。それを見ていた生徒たちもパニックを起こして大きな騒ぎになりました。バス会社にも一般の乗客にも迷惑をかけました。今後は下校のときにバスを使わないで欲しい。学校からも厳しく注意します」

特別支援学校にはスクールバスがあったが、これは体力的に徒歩で通学ができない生徒のためのものであった。勇太君は朝35分をかけて徒歩通学し、帰りは公共バスを利用して放課後等デイサービスへ通っていた。

　これまでも同じようなトラブルが何度かあった。学校の生活指導の先生や母親がそのつど勇太君に説明し、この半年くらい勇太君は落ち着いていた。だが、またつきまとってしまったのであった。

　母は勇太君が帰宅したらどうやって説教しようかと考えを巡らせた。抽象的なことを言っても通じない。相手の立場に立つという発想は端《はな》から無理である。ただ怒るだけではおそらく勇太君の精神状態を追い詰めるだけになる。そこで母は学校に折り返し電話を入れ、どのように対応したらいいか助言を求めた。

「学校から厳しく注意しましたので、そのまま知らない振りをして下さい。本人から話を持ち出さない限り、お母さんの方から話を持ち出す必要はないです」

　教師の説明を聞いて、母は勇太君の出方を見ることにした。

　帰宅した勇太君を母は「お帰り」と優しく出迎えた。すると勇太君は自分から、「やってしまった。先生から、電話、あった？」と聞いてくる。勇太君の顔はひきつっており、反省していることがありありと分かった。

　母はこれ以上追いうちをかけてはいけないと咄嗟に判断し、「もう二度と同じようなことはしないようにね」と短く諭して終わりにした。

相手の気持ちが分からないということは、相手の心を傷つけ、結局自分の心を傷つける。勇太君は、サリーとアンの課題やスマーティーズの課題、そしてそれに類する課題を出されると、やはり解くことがほとんどできない。

ただ、バスでのトラブルはだんだん頻度が少なくなっている。くり返し叱られ説明をされて、心の中にある「Sさんにしつこく構いたい」という衝動をコントロールできるようになってきているように母には思える。自分から話を持ち出してきたのも大きな成長である。

母は、相手の心を読めない勇太君に、してはいけないことを何とか分からせようと、地道に説明をし続ける。勇太君には難しいことであるが、少しずつ進歩はしている。母はそれを見守ろうと思っている。

15章 学校から社会へ

①働くために

特別支援学校高等部とは、障害児のための職業訓練学校と言ってもいいであろう。入学直後から就労に向けての訓練が始まる。生徒のグループ分けも普通の高等学校とはまったく異なる。職業訓練は障害の程度に応じて、大きく分けて二つのグループでおこなう。勇太君の障害は軽症から中等度に分類されるため、訓練は次の5種類だ。

事務班・接客班・清掃班・食品加工班・施設管理班。

1年生ではこの五つの職業訓練をするほかに、基本的なマナーを身に付ける訓練を受ける。2年生になると、班を自分に合った二つに絞る。3年生になると、さらに一つに定めて訓練をする。

2年生の9月からは企業実習もあり、実際の職場で仕事を体験する。その結果、企業の方から「うちで働いて下さい」と声がかかることもある。学校は全員の進路を決めるために強力に生徒と家族をサポートしてくれる。

ここから先の勇太君の行き場を何としても決めなければならない。ある意味、自動的に進めるのは特別支援学校高等部までである。だから学校も家族も懸命になって進路を見つけようと力を尽くしていく。

では具体的にどういう進路があるのだろうか？　簡単に説明したい。

①生活介護……障害が重い人が身体機能（健康）の向上や、生活能力向上のための軽作業をする。工賃は月額数千円以下。支給されない場合もある。

②就労継続支援B型……一般就労が困難な障害者が働く。雇用契約は結ばないが工賃が支給される。月額で1万数千円。

③就労継続支援A型……事業者から雇用される。最低賃金が保証される。雇用契約を結び、給与は月額約8万円。ただし最近はそうした場が少なくなってきている。

④就労移行支援……一般就労を目指す2年間の職業訓練。賃金はない。

⑤一般企業……企業の障害者枠に就職する。企業は雇用する労働者の2・3％（2021年現在）に相当する障害者を雇用する義務がある。

勇太君が高等部に入学すると、こうした情報が学校からたくさん伝わってきた。作業所や就労移行支援事業所のパンフレットももらうことができる。学校はまさに就労の準備のための場であった。もし普通学校に進んでいたら、こうした情報は自分から探さないと手に入らない。いや、その存在を知らなければ探しようがないだろう。実際、母の知り合いで普通学校に行った軽度の発達障害の子の母親は、「就労継続支援」とか「就労移行支援」という言葉をまったく知らなかった。

高等部の制服は、Yシャツにネクタイである。ネクタイはホックで留める簡易式のものか、きちんと自分で結ぶものかを選ぶことができる。勇太君は結ぶタイプを選んだ。器用とは言えない手で毎朝ネクタイを結ぶのは面倒だが、小学校のときに蝶結びの特訓を受けたのが今になって生きている。

②カッターで紙を切る

入学して2カ月が経った6月のある日、母は授業参観に出かけた。勇太君は大型カッターで紙を切る作業をしていた。ただ紙を切るだけ。無言でひたすら紙を切っていた。母は20分程勇太君の姿を見ていたが、それで十分だった。この作業は3時間続くのである。

接客班の生徒は、一つのテーブルを囲んで輪になり、一人ずつ順番にテーブルを拭いていた。上下左右に万遍なく拭いていた子は「よくできました」と先生から言われ、丸く拭いておしまいにしてしまう子は「やり直しです」と注意を受けていた。

施設管理班の生徒は、箒《ほうき》に付いた埃《ほこり》を黙々と取る作業をしていた。この作業を「けがき」と呼ぶと母は初めて知った。

母は生徒たちの姿を見ながら、親の会で先輩の母親から言われた言葉を思い出していた。

「うちの子は、18歳までは学校という守られた環境の中で、先生や友だちと一緒に充実した毎日を送っていた。だけど卒業後は朝から夕方まで作業所でナッツをビニール袋に詰める作業をしている」

「うちの子は、来る日も来る日も夏の盛りに公園のトイレの清掃をしている。うちの子の人生は、これでよかったのだろうか」

そんな言葉を頭の中で反芻《はんすう》しながら勇太君がカッターを使う姿を見るうちに、母は思わず涙ぐんでいた。そしてこれまでの人生を思わず振り返ってしまった。誕生したときの喜び、自閉症と診断されたときのショック、必死になって通った療育。親の会で知り合った仲間の母親たちとの会話。

「何のためにこれまで一生懸命育ててきたのだろうか？」

悲しい気持ちがこみ上げてくるのを母は抑えることができなかった。授業参観に来ていたほかの母親たちも「ちょっとショックだった……」と暗い表情になっていた。

母は必死になって気を取り直そうとした。しかしどうしてもネガティブに考えてしまう。

「もし、勇太が普通の子に生まれてきたら、もっと楽しい変化に富んだ高校生活を送れたんだろうな」

その日の夕食で母は勇太君を誉めた。「事務班の仕事、とてもよくがんばっていたね」すると、勇太君は紙切れを持ち出してきた。東急８５００系とか東京メトロ08系、東武５００５０系などの電車の正面図を紙に描いて余白を切り取ったものだった。

「カッティング、上手になった。きれいに切れた」

その表情は自信満々で嬉しそうだった。

母は勇太君の顔つきを見て、自分は間違っていたのかもしれないと思った。「こんな作業はつまらないだろう」とか、「こんなくり返しは苦痛だろう」「こんな単純なことしかできないなんて不憫だ」と考えるのは、健常者の驕《おご》りではないか。勇太が満足しているのであれば、それは働く喜びにつながっているのではないかと母は反省した。

このときはそう思った。だが母はこの先も、障害児が単純作業しかできない現実にくり返し悩むことになる。

③カフェで接客

1年生の秋、母は再び学校に行った。授業見学とは少し違う。学校にはカフェがあって一般に開放されていた。母は客として、接客班で訓練を受ける勇太君の姿を見にいったのである。

カフェの玄関には黒板が立っており、そこにはコーヒーや紅茶、果物ジュースが合計7種類並んでいた。料金はすべて１００円である。

母が店内に入り椅子に腰掛けると、蝶ネクタイを着けた勇太君がお盆に載せた水を運んできた。

勇太君がたどたどしく口を開く。

「いらっしゃいませ。ご注文はお決まりですか？」

母は勇太君がどれくらい客に対応できるか試してみようと思った。

「ショートケーキを下さい」

すると勇太君は即答した。

「ないです」

すると先生から言葉遣いを注意される。そこで彼は言い直した。

「申し訳ございません。ショートケーキはありません」

母はさらに言ってみる。

「え、ショートケーキ、ないんですか？　食べたかったんですけど」

すると勇太君は、「ジュースをお選びしますか？」と強引に推してくる。

「え！」と母が驚いた顔を作ると、勇太君は勧めたものが悪かったのかと思い、「コーヒーをお選びしますか？」と別のメニューを推してくる。

母は思わず笑ってしまってメニューにあるリンゴジュースを頼んだ。しばらくすると、リンゴジュースを持って勇太君が現れたが、ジュースを置くときにコースターをあとから出すという間違いをした。こうして接客は一応終了した。

実習には接客7大用語というのがあるらしい。「いらっしゃいませ」「ありがとうございました」「ご注文はお決まりですか」「恐れ入ります」「少々お待ち下さい」「申し訳ございません」「ごゆっくりどうぞ」の七つだ。勇太君はマニュアルに従ってできるだけ丁寧な言葉で接客していた。けれど残念ながら臨機応変に対応することはできなかった。自閉症ならではのコミュニケーション力の不足である。

それでも母は勇太君ががんばっているように見えた。家では跳びはねていたり、母に乱暴な言葉も使ったりする。それが借りてきた猫のようにおとなしかった。じっと我慢していたのだろう。

単純なくり返し作業よりも、接客の方がおもしろいのではないか。母は帰宅後、勇太君に接客を続けてみないかと水を向けた。だが勇太君は嫌がった。

「ずっと立っているのがイヤ」

客が来ないときに、手を前で組んでただ立っているのが苦痛のようだった。つまり勇太君は、何もしないというのが苦手なのだ。カッターで紙を切る作業は、ずっと椅子に座っているだけではあるものの、常に手を動かしている。そちらの方が勇太君にはいいのである。こうして、2年生になると、訓練科目を事務班と施設管理班に絞った。

④プールから逃走する

毎週日曜日にTスポーツセンターに通って水泳を楽しむ生活は11年目になっていた。

障害者枠のスイミングスクールだから生徒は全員が障害児である。その生徒の中に、勇太君は気になってちょっかいを出してしまう相手がいた。前述したように、勇太君は人にしつこくするとなかなかその衝動を抑えられない面がある。その行為は半ば勇太君の行動パターンと化していた。

勇太君がその生徒にしつこく構うのをやめさせるため、最近1年間、母は見張り役として勇太君に同行していた。ところが高等部2年の春のある日、母は用事があったため、勇太君を一人でＴスポーツセンターに行かせた。

母のスマートフォンが鳴る。発信はＴスポーツセンターである。イヤな予感におそわれつつ、母はスマートフォンを耳に当てた。やはりコーチからだった。

「勇太君が暴れています。すぐに迎えにきて下さい！」

母は焦った。

「一体何があったんですか？」

「いつものように友だちにしつこくしていたので、私がきつく注意したんです。するとパニックを起こしてしまったんです。興奮して非常ベルを鳴らしてしまい、その音でパニックがひどくなってしまったんです」

「今は、どうしていますか？」

「ゴミ箱を投げつけて、ガラスを割って、ロッカーをボコボコにしてしまいました。暴れ方が半端じゃないです！」

「わ、分かりました。迎えに行きますので、勇太に触れずにそのまま待たせて下さい」

母は電話を切ると、Tスポーツセンターに向かった。ところが少ししてまたコーチから電話がかかってきた。

「お母さん、大変です。勇太君がプールの敷地を飛び出していってしまいました！」

勇太君は逃走したのだ。母は一体どこを探したらいいか分からなかった。取り敢えずTスポーツセンターへ向かった。するとまたスマートフォンが鳴った。画面を見ると、勇太君の見守り携帯からだ。母は通話ボタンを押した。

「警察につかまる！　警察につかまる！」

勇太君が泣きわめいていた。するとすぐに電話の主が変わった。知らない男の人の声が聞こえてくる。

「お宅のお子さんが、私の車を蹴ったんです。『警察に連れていく』と言ったら、大暴れになってしまったんです。どうしたらいいですか？」

母はひたすら謝り、勇太君が自閉症であり、パニックを起こしていることを説明した。幸い、その見ず知らずの男性は理解してくれた。だいたいの位置を電話で確認し、母は通りを急いだ。しばらく走ると、向こうから「ワー、ワー！」と泣き叫ぶ聞き覚えのある奇声が聞こえてきた。ようやく母は勇太君を見つけて、「警察は来ないから、大丈夫だよ！」と声をかけた。しかし、勇太君は興奮して、「もう水泳、やめる、やめる！」と叫んでいる。

母はなんとか勇太君を自宅に連れて帰った。

Tスポーツセンターに対しては、破損したガラスの費用を弁償した。向こうから「退会して下さい」とは言ってこなかったが、母は勇太君をやめさせることにした。10年間お世話になり、みっちりと泳ぎ方を教えてくれたTスポーツセンターには感謝の気持ちしかなかった。勇太君のこだわりを理解してくれたコーチにも感謝の気持ちで一杯だった。

だが、母は勇太君に社会のルールを教えようとした。そして自分の感情をコントロールすることを学んで欲しいと思った。

母は勇太君に「プールで暴れて出入り禁止になったから、退会することになったんだよ」と伝えた。

10年間通った水泳教室をやめることになって、どれだけがっかりするかと思ったら、勇太君は「壊したから、出入り禁止になった」と平気な顔をしている。母は力が抜ける思いだった。

「この子は、過去にも未来にも煩わされない。ある意味、幸せな人なのかもしれない」

そしてこの出来事を通じて、母は痛感した。昔だったら、「しつけがなってない」と他人から怒鳴られて終わりだった。だが高等部2年になった今は、世間に出て暴れれば警察に通報される可能性があるのだ。精神年齢が5歳のままで体が高校生に成長すると、難しい局面に突き当たるのだと実感した。

⑤企業実習へ行く

高等部2年になり、母と勇太君はいくつもの就労移行支援事業所や就労継続支援B型事業所を見学した。分かっていたことではあったが、やはり知的障害者の仕事は極めて単純で単調なものばかりであった。会議に参加することもなければ、営業に出かけることもない。朝から夕方までずっと作業机の前に座っている。書類を封筒に詰める作業を延々とくり返したり、パソコンにひたすら数字を打ち込むことをくり返したりしている。

考えてみれば、健常者だって単純作業をする人もいる。働いている人の全員が自分の仕事がおもしろいと思っているわけではないだろう。だから、「障害者にはこんな仕事しか割り当てられない」と考えるべきではないかもしれない。それでも母は、見学を重ねるうちに複雑な思いが湧き上がってくるのをとめることができなかった。

9月になり、企業実習が始まった。勇太君はある企業に行くことになった。日程は全部で5日間。これを立派にこなせれば、来年もまた実習を受けさせてもらえるかもしれない。通勤自体も実習のうちの一つである。勇太君はきっちりとネクタイを締め、リュックサックを背中にではなく胸の方に装着した。満員電車で乗客に迷惑をかけないようにするためである。

実習期間中の一日、母は見学を許され、勇太君の仕事ぶりを見にいった。ダイレクトメール用の葉書に判子を押す作業を黙々とこなしていた。母はその姿を20分だけ見守った。この作業は、朝の9時から12時まで続く。勇太君は3時間も判子を押し続けるのだ。

人によっては、「こういう単純作業が障害児には向いているし、合っている。本人は好きでやっている」という意見がある。「本当にそうなのか」と母は思う。今日一日だけでもつらい仕事だ。それをこれから先、何十年もやり続けることに息子は喜びを感じることができるのだろうか？　学校の授業で紙を切る作業を見たときは、自分を納得させた。しかし実際に職場で反復作業を続ける姿を見てみると、実習とは言え、あまりにも切ないと母は思ってしまった。

その日の夜、母がテレビをつけると、ドキュメンタリーを放送していた。女子刑務所の刑務作業であった。服役中の老婆が私語禁止の中で、割り箸の中央に紙を巻く。ただそれだけをくり返している。1時間で正しく巻けたのはわずかに20膳。効率が悪いと刑務官から注意を受ける。母はその光景を見つめるうちに、気分が重くなった。

ただ勇太君は、作業中は無表情ではあったものの、自宅を出るときや、帰宅のときは晴れ晴れとした表情をしていた。すくなくともイヤイヤ行っているということではない。

最終日に課題が渡された。

- 集中する
- 姿勢をよくする
- 言葉遣いを丁寧語で

担当者からの日誌によると、前日は作業中に3回あくびをしたそうだ。

5日間の実習が終わり、母は勇太君をバス停に迎えにいった。勇太君の顔は明るかった。母には、本人が達成感とか充実感を覚えているのだなと分かった。案の定、家に戻ると、勇太君はいつも以上にピョンピョン跳びはねて走り回っていた。やはり充実感があったのだろう。勇太君には跳んでいる姿が似合うなと思った。

実習の評価表が学校経由で母のもとに届いた。封書を開けると紙にこう書かれていた。

「来年度の実習は受けられない」

要するに不合格だった。3年生になってもう一度実習を受けることができれば、この企業に就労できる可能性もあった。だが、その前段階で就労の可能性が絶たれた。母が作業の様子を見学したとき、勇太君としては本当に上出来という程仕事に集中していた。親として満点以上の評価を付けたいくらいだった。しかし企業が望む人材はそれをはるかに上回るレベルだったのだ。

別に何が何でもこの企業に就職したいと思ったわけではない。作業内容だって、勇太君にベストだと思ったわけではない。しかし、その1枚の紙に書かれた評価はあまりに切なかった。拒否されたと思うと母は胸が強く痛んだ。

母は勇太君に「来年はまた別の企業か、就労移行支援事業所で実習しようね」と言った。不合格のことは伝えなかった。

母の心の奥にあるものは、企業就労へのこだわりではない。勇太君が高等部を卒業後に、勇太君の障害を理解してくれるスタッフに出会い、勇太君が生き生きと生活できる場を見つけることだ。給与と勇太君の笑顔を比べれば、我が子の笑顔の方がいいに決まっている。一般企業での就労ができなくて、B型事業所で働くことになれば、工賃は月額1万数千円である。だが、もし勇太君がその場所で何か楽しみを見つけることができるのであれば、それ以上のことはない。お金には代えられないと母は思う。

勇太君のこれから先の人生で大切なことは、会社との出会いではなく、人との出会いだと母は思っている。

2018年の春、勇太君は3年生になった。訓練グループは事務班に絞った。

16章 親亡きあとの我が子の人生

①グループホームについて考える

自分の体が動かなくなったら勇太はどうなるんだろうか？　自分が死んだあと、自立できない勇太はどうやって生きていくのだろうか？　勇太君が高等部に入った頃から、母は少しずつ考え始めた。

障害者が将来生活する場と言えば、田舎にある大規模な障害者施設が思い浮かぶ。大部屋で共同生活し、時間が管理され、自由はなく、一律にみんなで同じことをする。勇太はそこに入るんだろうか？　でも一方で、グループホームという言葉もある。どうもこちらは少人数で共同生活を送るかなり自由な場所だ。個室で生活し、自分のやりたいことができる。場所も都心が多いと聞く。勇太君にどういう未来があるのか、母には具体的なイメージがつかめなかった。

母はいよいよ親亡きあとの我が子の人生を真剣に考えるときが来たと悟った。高等部の級友の母親たちと話していると、その学校には卒業生の会があり、毎年、福祉を専門にした大学教授が講師として来校し、障害児たちの未来について話をしたり資料をくれたりしていることを知った。

母は元々ＰＴＡ活動にはあまり熱心ではなく、卒業生の会から会報が送られてきても真剣に目を通すことはなかった。友人の母親から伝え聞いたその先生の話によれば、障害児は25歳になったら親元を離れ、独立し、グループホームに住むこと、そしてグループホームの空きはどこにもないので、自分で作らなければならないということだった。

その話は母にとって衝撃的だった。ただ、驚いて不安になってばかりでは前に進むことはできない。母は資料や本を読み、ネットで調べ、必要な人に会い、しだいに情報を増やしていった。東京都に問い合わせたり、区の障害福祉課に足を運び、相談したりした。障害福祉課の職員からは、グループホームを作る不動産事業に携わっている公益社団法人も紹介してもらった。

お金に関する管理や運営についても学んでいった。「親なきあと」について無料相談をやっている行政書士の先生にも話を聞きにいった。

この先生は、お金について三つのことを教えてくれた。

- 障害基礎年金や就労によって少しでも収入を増やすこと
- 障害福祉サービスを利用して少しでも支出を減らすこと
- 信託の制度を利用して子どもの資産を管理すること

　母は以前から思っていたが、福祉制度というのは向こうからはやってこない。自分で情報を集めて、自分の足を使って役所に出向かないと何も始まらない。

　たとえば、勇太君は中学3年までは医療費が無料である。そして高等部1年から3割負担になる。ところが自立支援医療制度というものを使えば、精神科の通院医療費は1割負担で済む。ただしこれは自動的に、役所から連絡が来るということではない。自分で申請しなければいけない。母も友人から教えてもらって知ったのだった。

　勇太君にはお金を管理するという概念がない。だから信託という制度でお金を守る。たとえば、家族信託であれば、誰か親しい親族にお金を管理してもらうことが可能である。ただ、勇太君は一人っ子で、頼れる親戚はいない。すると成年後見制度を利用することになる。だが今の段階で勇太君の預金口座にお金を入れて後見人を付けてしまうと、親でも子どものお金に触ることができなくなる。従って、母は現時点では相談窓口を見つけておいて、自分の体が動かなくなったら初めて成年後見制度を使う予定である。

母は、「親なきあと」の行政書士の先生に、25歳独立説についてどう思うか聞いてみた。先生は二つのことを語った。

- 障害児の生活の場に関して制度が過渡期であること。国は大型の入所施設はもう作らない。そしてグループホームから居宅介護へ重心を移している。軽度から中度の障害の場合、自宅で暮らすことを推奨している。
- 自分も障害児を育てているが、25歳独立にこだわる必要はない。一緒にいられる間はそうしたい。

母はその話を聞いて、さまざまな考えがあることを知った。母は多方面からの情報収集をおこなったのち、いよいよ卒業生の会で福祉専門の大学教授の講演を聴くことになった。

② 25歳で独立できるのか

講演の内容はいい意味で刺激的、悪い意味で厳しいものだった。障害児にとって親離れが重要と先生は説いた。従って親も子離れをしなければならない。

障害者入所施設は地方にあり、呼吸器を付けているなどの重度の障害者しか入れない。勇太君にはグループホームが相応《ふさわ》しいが、都内ではすべて満員である。もし空きがあれば、それは何かの問題を抱えている施設である危険性がある。要するに、自分でグループホームを作るのが最も現実的な選択である。他力本願はやめること、親が汗水垂らして努力することでしか、我が子の幸福を手にすることはできないのだ。

自分で作るとは一体どういうことだろうか。細かい技術的なことはさまざまなバリエーションがある。一軒家を一から作る方法もあるし、既存のアパートなどを改築する方法もある。土地も購入するだけでなく、定期借地権を使う方法もある。

誰もが気になるのが資金のことであろう。だがこれも工夫しだいだ。勇太君は20歳になると、障害基礎年金を受け取ることができる。１級なら年額90数万円、２級なら年額70数万円である。これを5年貯めれば約４００万円になる。親が３００万円出せば合計７００万円である。障害児の家族が10集まれば、それで約７０００万円になる。つまり子どもが25歳のときには、グループホームが建てられる可能性がある。グループホームの入居費用は月額約６万円だ。ただし、利用者には最大２万数千円の補助金が支給される。

グループホームの経営をおこなうのは、社会福祉法人などの法人である。法人は国から補助金を受け取ることで運営を成り立たせる。日中の世話人を派遣し、夜勤の世話人を置く。

母は、25歳独立と聞いて「いくら何でもそれは早すぎる」と思った。現在、勇太君は17歳。独立まであと8年である。8年しか一緒にいられないのだ。グループホームの準備期間を考えると、勇太君が独立するのは、彼が30歳のときかもしれない。すると、あと13年。そうすると自分は68歳。年齢的にちょうどいいかもしれない。考えても仕方がないが、もし、もっと若いときに勇太君を生んでいれば、30歳と言わず、もっと長く一緒にいることができただろう。高齢出産を今になって母は悔いた。

また、講演会では、子どもが0歳児の段階からグループホームを計画している人たちがいる例を紹介された。その子たちは、プラダー・ウィリー症候群だった。遺伝子の異常による病気で、発達遅滞があり、相手の心が読めなかったり認知が狭く偏っていたりするなどの特性がある。軽度から中等度の知的障害を伴うこともある。そして特徴的なのは過食である。食欲を抑えることができず、プラダー・ウィリー症候群の子は肥満になっていく。青年期になると糖尿病などの生活習慣病を発症することが多い。だから、プラダー・ウィリー症候群の子は、ほかの障害児と一緒に食事をすることが難しい。同じ病気の者同士で全員が一緒に食事管理をするとうまくいく。だから、プラダー・ウィリー症候群の子の親たちは今から将来のグループホームを計画中なのだ。

③グループホームを見学する

母は勇太君を連れてグループホーム見学に行った。本人には将来こういうところで暮らすとは説明しなかった。勇太君は何のことか分からず夕食を楽しんでいた。

結局母は3カ所のグループホームを見学した。三者三様であった。重度障害者と軽度の人が一緒にいるホームもあったし、すべてが比較的軽度の障害者のホームもあった。内装も個性がそれぞれあった。シックな内装のところもあれば、費用をかけてホテルのように立派に作っているところもあった。

母はできれば、ダサくないグループホームがいいと思う。福祉の世界は何でも地味で華がない。建物も人の服装もそうだ。施設が清潔であることや、世話人の人柄も重要なチェックポイントであるが、やはり勇太君にはオシャレな生活空間で毎日を過ごして欲しいと思う。

ただ、問題はやはり建物ではなくて、世話人を派遣する運営法人だと母は思う。建物は一度作れば半永久的に残る。しかし運営法人はどうだろうか。消滅してしまうことはないのだろうか。いや、運営法人が存続しても世話人をちゃんと雇って派遣できるのか？　日本は人口減少に伴って労働人口が減っている。保育士もそうだが、介護の世界でも働こうとする人が少ない。給与が少ないことがそれに拍車をかけている。グループホームを、土地代を浮かせるために都心から離れた所に建てるのは論外である。そんなところには世話人は集まらない。親だって歳を重ねれば会いに行くのが困難になる。

しだいに母には何が問題かが見えてきた。勇太君の就労はどうにかなりそうだ。なぜならば特別支援学校高等部の先生たちが、熱心に進路を探ってくれるからだ。母も努力するが、それ以上に学校の先生が協力してくれる。高等部を卒業した勇太君の居場所がなくなるということはないだろう。しかし生活の場は違う。親が動けるうちに準備をしておかないと、勇太君には行き場所がなくなる。30歳で勇太君が独立したとすれば、その先、50年くらいの人生を彼は一人で生きていかなければいけない。親の自分がいなくなる前に勇太君の将来への道を切り拓いておく必要がある。

勇太君の人生に伴走してくれる世話人をきちんと派遣してくれて、それが生涯続いてくれる……そういう運営法人に出会う必要がある。それは決して簡単ではない。どうやって見きわめればいいのかもよく分からない。

とにかく人とのつながりを大事にするしかなかった。母は情報収集のため、日本グループホーム学会にも入会し、地元の「手をつなぐ親の会」にも役員をやらせて欲しいと申し入れた。学校のPTAも積極的にやろうと考えを改めた。

グループホームを建てて、運営法人を見つけることは、母にとって〝夢〟などとのんびり構えていい類いの目標ではない。必ずやらなければいけない、人生の目標なのである。

④　5年ごとに考える

結局、何につけても勇太君のこれからの人生で最も重要なのは、人である。就労は給与の額が問題なのではなく、勇太君という人間を理解してくれる人に出会ってそこで働くことが重要なのだ。お金の管理も、信頼できる後見人に出会う必要がある。グループホームで生活していくことも同様である。

グループホームで世話人が利用者を虐待したという報道を見かけることがある。勇太君が信頼できる人と結びついていくためには、母がそういう人脈を作り上げなければならない。先日も、母は母校を訪れて運営の相談をした。学校法人では難しいが、修道女会を訪ねてみてはどうかと提案を受けた。

母は事務的な作業や計算を伴う仕事は不得意である。ただ人と会って話すのは得意である。こうした苦労はすべて勇太君の独立のためであるが、それを寂しいとは思わない。何の準備もしなければ、不安だけが増していく。今こうしていろいろな苦労をすることは、不安の種を一つずつ消していく作業なのである。

ただ、考えすぎるのもよくないと行政書士の先生からアドバイスをもらった。法律や制度はどんどん変わっていく。あまり先を考えても勇太君を取り巻く環境は変化していくかもしれない。グループホームの建設費だって2021年の東京オリンピックの前とあとでは全然違うはずだ。だから、少し立ち止まりながら、5年ごとに考えればいいと先生は言ってくれた。勇太君が20歳、25歳、30歳のときに具体的なプランを練ればいいかもしれない、今は人とつながっていればいい、と。

勇太君には健常者のような自立はない。自立ができない我が子を残して先立つのは、母にはたまらなく不安である。我が子より1日でも長く生きたいというのは、どの障害児の親でも考える。だが現実はそうはいかない。

勇太君は小学生のとき、階下の住民から追い出されるようにして転居した。あれから10年が経つ。今、母は勇太君との生活が楽しくて仕方がない。これまでの人生を振り返っても今が一番楽しい。だから正直な気持ちを言えば、いつまでも勇太君と一緒にここで暮らしたい。もし今から25年後に、必ず墜落すると分かっている飛行機が飛び立つならば、母は勇太君と一緒にその飛行機に乗りたい。そうすれば、グループホームのことを考える必要もないし、人生の最後の瞬間まで勇太君と一緒にいることができる。

保育園児だった勇太君を受容できず、親子で一緒に消えたいと思ったこともあった。無理心中という言葉が頭をよぎったこともあった。今となってみれば、どんな方法で消えてしまおうと考えたかを思い出すことはできない。ただあのときはつらかった。今は別の意味で、楽しい思いだけを抱えて親子で消えてしまいたいと、夢のようにあてもないことを考える。

17章　障害を生きる意味

①心はあるか？

勇太君の朝は毎日きっちりと決まっている。

6時59分起床、7時5分トイレ、7時11分歯磨き、朝食開始7時24分という流れである。時間に余裕ができてしまうと部屋をウロウロして時間を潰す。「歯磨きが早く済んだから、7時23分から朝食を食べ始めよう」とは絶対にならない。最後に制服のネクタイを締めるのは7時57分で、家を出るのは8時2分だ。前にも触れたようにネクタイを結ぶのが難しいため、うまくいかないとやり直しになり、ここで予定の時間をオーバーしてしまうことがある。すると、8時2分に家を出られなくなりそうになり、勇太君はパニックになる。

母はどうしても、「全体を前倒しにすればいいのに」と考えてしまい、7時56分に「そろそろネクタイ締めたら？」と言ってみる。すると勇太君は「まだ！」と言ってキレてしまう。7時57分までは絶対にネクタイを締めようとはしない。テレビのNHKニュースに目をやり、時刻を確認している。

もちろんこれは自閉症によるこだわりである。本人の希望とか、意思とか、好みではない。

長い夏休みが終わって明日から学校になる。それまでさんざん遊びまくっていたので、明日からの登校が可哀想だと母は思ってしまう。「休んでもいいよ。明日、行く？」と聞くと勇太君は必ず「行く！」と答える。これもこだわりである。行きたいから行くのではなく、9月1日は登校する日と決めているから行くのである。だから、本人の希望とか、意思とか、好みではない。

勇太君には心があるのだろうか？ 母にはその心がとても見えにくい。まるで心がないのではと思ってしまうこともある。だが、最近、勇太君の心を母は見た。

祖父が亡くなった。勇太君の障害を最後まで理解しようとしなかった祖父。勇太君にきつく当たった祖父。祖父が亡くなって葬儀まで1週間あった。母は勇太君に尋ねてみた。

「お祖父様が亡くなって悲しい？」

　すると勇太君は答える。

「悲しい」

　しかし母が、「お祖父様が亡くなって悲しくない？」と聞き方を変えてみると、

「悲しくない」

と答える。オウム返しのように見える。さらに母が聞いてみる。

「お祖父様が亡くなって悲しくない？　悲しい？」

　質問の末尾を敢えて「悲しい？」にしてみた。答えは、

「悲しくない」

　だった。

　告別式の日、母は祖母に相談した。勇太君を連れていくかどうかを。告別式の最中、パニックを起こしたり騒ぎ始めたりしたら困る。しかし母は考えた。勇太に人の死を教えなければいけない。人にはいつか必ず死が訪れる。お経を上げて線香を焚いて、火葬場で焼かれれば骨になるということを知らせた方がいい。母はヘルパーに付き添いを頼み、告別式に勇太君を連れていった。

　自閉症児は「初めての場所」にパニックを起こすことがある。しかし勇太君はこうい

う場面に強いと母は前から思っていた。念のためにヘルパーに来てもらったものの、それは不要だった。この日も勇太君はおとなしかった。

出棺の前に、みんなで花を棺の中に入れる。勇太君もそれに参加した。祖父の姿が花で埋まっていくと、勇太君は涙をポトリと流した。

「勇太が泣いた！」

その涙に一同は驚きを禁じ得なかった。母も驚いた。

そう言えば、中学1年生のとき、放課後等デイサービス（以下、「放課後デイ」と記載）で7年間お世話になったスタッフが退職した。このときのお別れパーティーで勇太君は涙を流したらしい。連絡帳に、勇太君が「目から水が出た！　水が出た！」と驚いていたと書かれていた。そのことを母は思い出した。

勇太君はこれまで祖父に怒鳴られたり、教会や電車やプールでいろいろな人に怒鳴られたりしてきた。本人は表情を変えることはほとんどなかったが、勇太君はそのたびに悲しい思いをしていたのかもしれない。心はあるのだ。それを表現できないだけなのかもしれない。そう思うと母はやるせなかった。

勇太君は今日を生きる人である。今日一日が幸せであれば、それで十分なのである。明日のことは考えない。もちろん未来のことも考えない。自閉症という障害は勇太君にとって不幸なことなのだろうか？　母は必ずしもそうではないと思った。

知的障害が軽い自閉症の子は、自分の知的な遅れに気が付き、悩むことがある。友人からばかにされているのが分かってしまう。一方で、勇太君と同年齢で重度の知的障害のある自閉症の子もいる。まだオムツを着けていて、激しい自傷をくり返す。それもまたつらいなと母は思う。そういう意味で勇太君は、苦しみながら生きていない。苦しみから自由である。トイレとか鉄道とか好きなものがあり、家の中を自由に跳ねている姿は、見る者の心を和ませる。

そして間違いなく、勇太君は母にたくさんの幸福をもたらしている。

②幸福ってなんだ

母は自分のことを、夢のある人間ではないという。ただし、生きている意味を感じることはできると断言する。もちろんそれは、勇太君によってもたらされている。

母の友人の一人は、IT企業の女性社長だ。彼女の会社は大成功を収め、地位も名誉も富も得た。しかし彼女には家庭がなかった。勇太君と母の姿を見て、彼女はうらやましいと言う。もし自分が今死んでも誰も悲しまない。人生で一番大事なことは、世話を焼いてやれる家族がいるかどうかだ。自分の子に障害があるかどうかは関係ないというのが友人の意見だ。

母は、それはそうだろうと思う。もし勇太君が30歳で独立してしまったら、自分は誰のために生きていけばいいか分からない。自分が食べるだけの食事を作ることは楽しくない。そういう意味では、勇太君に障害があろうとなかろうと関係ない。いや、勇太君が自閉症だからこそ、母は多くのことを学んできた。

母は幼少の頃、極端な完璧主義の祖母に育てられた。過保護・過干渉であった。常にテストで１００点を取ることを求められ、１００点以外は0点も同じだった。学力を上げて一流の学校に入学し、人がうらやむ一流の企業に就職し、高学歴の彼氏を作り、人生で成功を収めるようにきつく教育されてきた。これらが達成できなければダメな人間と思い込んだ。ところが就職直後に挫折を経験する。無理がたたって強迫性障害になってしまったのである。病気はこじれて入院までも必要になった。会社も退職した。この体験を通じて、母は「自分の子どもが生まれたら、絶対に私と同じ道は歩ませない」と決意する。

ところが母は勇太君に胎教を施し、生まれたすぐあとから英才教育を始めた。

「優秀な子に育てなければいけない！」

母は勇太君を一流の学校に入れて、一流の企業に入れ、人生で人からうらやまれる成功を収めて欲しいと願った。気が付いてみれば、母親が自分にやったこととまったく同じことをやっていた。祖母から母へ、母から子へ、世間に誇れる自慢の子どもを育てようと、行きすぎた英才教育がくり返されていたのである。それは紛れもなく負の連鎖だった。

しかしその連鎖は勇太君の自閉症によって断ち切られる。母の持っていた価値観は根底からひっくり返された。しかし母はそれによって自暴自棄になったわけではない。確かに一時は絶望的な気持ちになったものの、勇太君との人生を投げ出すことはなかった。母は、新しい価値基準を一から作り直したのである。母にとって勇太君との人生は、誰もが持つ普通という名の強要から解放される自由への道のりだったと言えるだろう。

2歳から8歳までの勇太君は毎日のように暴れ、パニックを起こした。ひたすら手がかかり、母は精神的にクタクタになった。将来を見通すことはできず、不安の闇が広がるばかりだった。

そんな毎日の中にも小さな喜びがあった。水道の蛇口をひねることができた、ボタンをはめることができた。そんな些細なことに感動できるようになった。母は新しい人に生まれ変わっていたのだ。1日に10冊の絵本を勇太君に読み聞かせていた頃の母とは別人になっていた。

勇太君が自閉症と診断されたとき、母は友人から「子どもは親を選んで生まれてくる。あなたなら育てられるからやってきたのよ」と言われて腹を立てたことがある。そんなきれいごとは言って欲しくないし、自分は健常児、いや天才児が欲しかったのだ。

そしてそれから15年以上が経った。今ならはっきりと言える。勇太君は自分に幸せとは何かを教えてくれる存在なのだと。そして夢はなくても人生の究極において目指すものはある。母にとっての最大の願いは、勇太君が人生最後の日を迎えるときに、「ぼくの人生、幸せだった」と呟いて天国に行けることである。

③「この実を食べたら健常者になれる」

今でも勇太君は気に入らないことがあると、パニックを起こしたり、暴言を吐いたり、物にあたったりする。プールから逃走し、町中で泣きわめくこともある。友だちにしつこくしてトラブルになることもある。だがそれでも母は、素直に勇太君を可愛いと思うことができる。なぜなら勇太君が素直だからだ。

自分のこだわりが妨げられればキレるし、スケジュールが崩されれば怒る。好きなトイレや鉄道を見ることを制止されれば大暴れする。しかし勇太君は嘘をついたり、駆け引きをしたり、人の顔色を見て計算したりはしない。

最近になりやたら母の言葉尻に過剰に反応して文句を付けるが、これはまるで遅れてきた反抗期のように見える。そういう態度のすべてをひっくるめて、母には勇太君が永遠に可愛い子どもに見える。

また、自閉症児を育てることで母の世界は広がった。今までまったく知らなかった世界の中に母は入っていった。自閉症は不思議な障害である。人の心が全然読めない反面、常人離れした記憶力を持っている。音を嫌うのに、絶対音感を持っている。なんて不思議な子なんだろうかと母はつくづく思う。自閉症児の世界を知ることは、自身がこれまでに培った価値観を根底から覆し、人生に深みを与えてくれたとすら感じさせた。ともすれば単調に見えがちな自閉症児の世界が実は豊かであり、そうした子を育てていくことで母の人生も豊かになったと言えるだろう。

そして勇太君は、違うタイプの自閉症の子やダウン症の子、そのほかの染色体異常児や重度障害児に自然と引き合わせてくれる。それぞれの家庭がそれぞれの困難を抱え、懸命に生きている姿を見ることになる。自分が本当に染色体異常児を持つ親の気持ちが分かるかと言えば、それはまた別である。おそらく当事者でなければ分からないだろう。ただ、そうした姿に接することで、多様な障害、多様な価値観、多様な生き方があることを母は知っていった。そしてこうした多様な人たちと共に生きる社会がここにあると実感できる。

あるとき、テレビでNHKの障害者の情報バラエティー番組を見た。「この実を食べたら健常者になれるけど、あなたは食べますか」と障害者に聞いている。障害者の世界では必ず問われる質問だ。

母は思う。勇太は知的障害を伴う自閉症だ。自閉症でなくなったら勇太ではなくなる。やっぱり、勇太は勇太のままでいいなと。

18章 障害児を生まない検査

① 出生前診断の意味

２０１３年４月から新型出生前診断が始まった。新型と呼ばれるのはこれまでの検査と方法がまったく異なるからである。新型出生前診断は妊婦の血液検査でおこなう。妊婦の血液の中には母親の遺伝子ＤＮＡと、少量の胎児ＤＮＡが混ざっている。ＤＮＡはアデニン（Ａ）、グアニン（Ｇ）、シトシン（Ｃ）、チミン（Ｔ）という四つの文字の配列でできている。得られた血液に含まれるＤＮＡの文字配列を、母親由来と胎児由来に区別することなくすべて解読してしまう。

　人間の染色体は父から23本、母から23本を受け継ぎ、合計46本からなる。染色体は大きい順に、１番染色体、２番染色体、３番染色体……と番号が振られている。現在の医学では、ＤＮＡの文字配列を読むと、それが何番染色体の上に乗っているかすでに分かっている。こうして、すべての母と子のＤＮＡを解読し、染色体の量を読み取るのである。

ダウン症の胎児では21番染色体が３本ある。別名、21トリソミーと言う。胎児が正常であれば、母と子の合計の21番染色体に由来するＤＮＡは、全体の１・３％である。ところが、ダウン症では胎児の分だけ21番染色体に由来するＤＮＡの量が増える。本来、１・３％であるはずが、１・42％に増加している。

つまり、21番染色体に由来するＤＮＡの割合が増加していれば、胎児は21トリソミーと診断可能である。同様にして、13トリソミー、18トリソミーも診断可能である。ただ、この検査の精度は極めて高いとは言え、１００％ではない。従って新型出生前診断で「陽性」と診断された場合、羊水穿刺《せんし》をおこなって羊水の中の胎児ＤＮＡを直接調べる必要がある。なお、羊水穿刺には０・３％の確率で流産になるリスクがある。

新型出生前診断を受けられる人は、分娩時に35歳以上であるとか、染色体異常児を妊娠した経験があるなどの条件が付いている（２０１７年当時）。費用が約20万円するにもかかわらず、２０１３年４月から２０１７年９月までに５万１１３９人が受けた。検査で陽性になった人は、９３３人。このうち、妊娠を継続した妊婦は、26人である。２・

8％だ。胎児が子宮内で死亡した症例もあるが、羊水検査で確定診断を受けて、あるいは羊水検査を受けずに人工妊娠中絶を選んだ妊婦が90％を超える。

母はこうした報道を見ると複雑な気持ちになる。保険適用ではないものの、学会が臨床試験と認め、国も是認している検査である以上、新型出生前診断を受けるか受けないかは個人の自由だと思う。90％以上の妊婦が人工妊娠中絶を選んでいるからといって、倫理的に受けるのは間違いだという意見を主張するつもりはない。

過日テレビを見ていたら産科医がこう言っていた。

「妊娠中はお腹の赤ちゃんに病気がないか、障害がないかとっても不安なものです。だから、妊娠初期にお腹の子が健康で元気な子どもであることを証明し、精神的に安定して妊娠期間を過ごしてもらうためにおこないます。お腹の赤ちゃんに障害があると分かった場合は出産後の育て方について妊娠中、十分、考えることができるようになります」

母はこの医師の説明に違和感を覚える。確かに検査で陰性と分かれば安心できるだろう。しかし陽性だったらどうするのか。そのとき、親はどれだけ苦悩するのだろうか。そうした視点が医師の言葉からは感じられなかった。

② 「安心をあなたの手に」

しかし、検査を受ける心理は母にはよく分かる。実は彼女自身も出生前診断を受けたからだ。当時はもちろん、新型出生前診断というものはなかった。２０００年頃に多くおこなわれていたのはトリプルマーカーテストである。この検査によって、21トリソミー、18トリソミー、二分脊椎という背骨の病気の確率を推定できる。検査方法はやはり採血。検査費用は2万円程だ。

三つのマーカーとは以下のものである。

- α－フェトプロテイン（胎児由来のタンパク質）
- ヒト絨毛《じゅうもう》性ゴナドトロピン（胎盤から分泌されるホルモン）
- エストリオール（胎児由来のホルモン）

これらの値が妊婦の年齢相当の正常値と比べて、高いか低いかを計算する。

なお、この検査は１９９４年に日本に登場し、１９９６年以降に広くおこなわれるようになった。ただ産科の現場では混乱も広がった。ダウン症が生まれる確率が、何分の

―という結果の伝え方しかできなかったため、結果の解釈を巡って妊婦が闇雲に不安になったりすることがあった。医師も検査結果をどう伝えればいいのか、そもそもこの検査の存在を妊婦に知らせるべきなのか、意見が割れた。

そこで、厚生省（当時）が事態収拾に乗り出し、１９９９年に通達を出した。そこにはこう書かれていた。

「医師は妊婦に対し本検査の情報を積極的に知らせる必要はなく、本検査を勧めるべきでもない」

母は2年間の不妊治療の末、２０００年に勇太君を身ごもった。母が不妊クリニックの待合室で椅子に腰掛けていたとき、壁にひっそりと1枚のポスターが掲げられているのに気が付いた。

「安心をあなたの手に」

トリプルマーカーテストの案内だった。

これからの長い妊娠期間を、「お腹の子どもが障害児だったらどうしよう」と悶々としながら過ごすのはイヤだった。検査で安心と言われれば、穏やかな気持ちでこれからの妊娠期間を過ごすことができる。母はそんな軽い気持ちでトリプルマーカーテストを受けることにした。なお、このとき母は38歳で、ダウン症が生まれる確率は、１／１７

5である。つまり、0・6%だ。

③障害児だったら要らない

採血をして5日後、クリニックを再訪した。結果を示す用紙を手渡された。そこにはこう書かれていた。

「陽性：ダウン症の可能性80%」

あまりのショックにどうやって家に帰ったのか母はほとんど覚えていない。ただ、街全体が灰色に見えたことだけは脳裏にこびりついている。妊娠が分かってからこの世はまさにバラ色だったものが一気に反転したのだ。

「不妊治療をしてようやく授かった子なのに、何でこんなことに……」

奈落の底に落とされたような気持ちだった。

母は不妊クリニックの産科医からもらった紹介状を握りしめていた。羊水検査は別の病院でおこなわなければならない。5日後に母は意を決して国際親善総合病院に足を運び入院した。

検査の当日、処置室に呼ばれた。しかしそこは羊水検査専用の部屋ではないようだった。考えてみれば、病院だって羊水検査をしょっちゅうやっているわけではない。周囲からは陣痛で苦しむ妊婦の声や、元気に泣く赤ちゃんの声が届いてきた。

あまりの境遇の違いに母は自分が情けなくなり涙が止まらなかった。看護師が背中をさすってくれて、「そんなに泣いていたらお腹の子に障るわよ」と慰めてくれた。

間もなく医師が現れた。顔にしわを刻んだ厳しい表情の人だった。

「何をそんなに泣いているんですか！　障害児だったら要らないから、この検査を受けるんでしょ？　どんな子どもでも生む覚悟ならこの検査は受けないでしょ？　泣いたって仕方がないことだ。検査をするのをやめますか!?」

母は改めて自分の心の中にあるものを明確に突きつけられた。医師の言うとおりだ。自分は、生むか生まないかの選択をするためではなく、障害児を生まないために検査を受けるのだ。

検査結果が出るまで3週間かかる。人工妊娠中絶が可能なのは、22週未満である。母の妊娠は20週に近づいていた。

胎動を感じながら母は悩みに悩んだ。頭は常にお腹の子のことで一杯になり、食事の味も分からず、何を見ても嬉しいという感情が湧かなかった。心ここにあらずという毎日だった。

祖母は障害児が生まれてくることに否定的だった。

「大変な子を生んだら、あなたが苦労することは目に見えている。それから子どもだって、『自分を生んで欲しくなかった』と思うこともあるのよ。だから、ダウン症だったら中絶しなさい」

そして検査結果は正常だった。こうして勇太君は生まれた。ダウン症ではなかったが、自閉症だった。

④ 育てるから親になる

勇太君が保育園児の頃、母は知人のダウン症の子がうらやましいと思った。ダウン症児は、コミュニケーションが取れるし、親の言うことも聞く。素直で可愛い。勇太君が自閉症ではなくダウン症だったらよかったのにと何度も思った。そして羊水検査を受けた自分の行為につくづく意味がなかったと痛感するのだった。

医学書を開いて先天異常の一覧を見ると、ダウン症をはじめとして頻度の高い疾患が並んでいる。多くが外科的な疾患で手術すれば治すことが可能である。障害児として生きていかなければならない先天異常は、確かにダウン症が代表的かもしれない。だから出生前診断でダウン症の有無を確かめ、そうであれば妊娠を中絶したくなる人が多いのだろう。

しかし、障害児と先天異常はイコールではない。分娩のトラブルで低酸素脳症から重度心身障害になる子どももいる。出生直後は免疫能が未熟なために重度感染症から脳に障害を負うこともある。原因不明の視覚障害や聴覚障害の子もいる。そして15人に１人と言われる発達障害はこうした出生前診断では分からない。

それでも母は、将来障害児を持つことに不安を感じる親の気持ちが分かる気がする。

「障害児を育てる勇気や自信がどうしても持てない」

「下の子に障害があることで、上の子の結婚に差し支えたら困る」

「親亡きあと、きょうだいに負担がかかると分かっていながら障害児を生むわけにはいかない」

そうした声を聞くことがある。年間1万人以上の妊婦が新型出生前診断を受ける現状も理解できる。しかし、検査を受けるのは自由だが、検査を受けて「ダウン症ではない」赤ちゃんを生むと決めた以上は、どんな障害を持っている子でも受け入れなければならないと母は思う。

新型出生前診断の特徴の一つは、採血だけで精度の高い結果を得られることにある。そのため、検査を受ける精神的な敷居が低くなったと指摘される。それはいいことなのか、悪いことなのか、母には分からない。だけど、簡単にできるから便利という理由で検査を受けることは勧められない。ダウン症をはじめとして13トリソミーや18トリソミーのことをもっとよく知ってから検査を受けて欲しいと感じる。

自分だって、勇太君を妊娠しているときは、本当の意味で親にはなっていなかった。自閉症児を育てるうちに、「こういう子は受け入れられない、こういう子なら受け入れる」という条件の付いた愛にはならなくなっていった。

「障害があってもなくても、育てる中で人は親になっていく」

勇太君を17年育てて、母はそう思うようになった。

19章 今日までそして明日から

①我が子が発達障害と気付いたら

母は、2015年にそれまで20年間経営してきた幼児学習教室を手放した。今は、講演をしたり本を書いたりすることで生活している。講演の内容は幼児教育だったり、発達障害の子をどう育てるかだったりだ。

現在17歳の勇太君に、初めて「知的障害を伴う自閉症」とM先生が診断名を告げたのは今から15年前だ。その頃は生活をするために毎日必死だった。こうやって講演をして自閉症児の育て方を若い母親たちに教える日が来るとは想像もしていなかった。

講演の最後に質疑応答で質問に答えることもあるが、講演が終わっても母の前には行列ができることが多い。いろいろな質問を受けるが、最も多いのは家族の理解が得られないという悩みだ。

我が子が自閉症かもしれないと最初に気付くのは多くの場合、母親である。不安になって母親はこうして講演会に足を運ぶ。一方で、父親は子どもと一緒に過ごす時間が圧倒的に少ないパターンが多い。保育園や学校に行くことも少なかったりする。健常児と自分の子の違いを目にすることもない。だから自閉症という言葉に拒否反応を示す。単なる個性だと言い張ったりする。しかし母親は真実を知っている。子どものことを十分に知り尽くしているからだ。

「うちの子、行動が変なんです。言葉も遅いんです。主人に相談しても取り合ってもらえないんです」

「子どもを病院に連れていこうと思っているのですが、夫に反対されています。どうしたらいいのでしょうか？」

発達障害という言葉は認めても、治らない障害だということを認めようとしないこともある。

「療育手帳を取ろうとしたら主人に反対されました。姑も反対です」

「学校はどうしたらいいのでしょうか？　夫は普通学校の通常学級に入れろと言ってきかないんです」

そういうとき母は、「家族を説得するのに無駄な時間をかけないで」と助言する。いちいち家族に許可を得る必要はない。黙って病院に行って診断を受けて、療育手帳を取ってしまって隠しておけばいい。「家族との関係でストレスを抱え込むのは、意味のない労力と時間の無駄づかいだから、子どものために何ができるかを考えて」と母は説く。

幼稚園の先生や保育園の保育士からも相談を受ける。子どもが発達障害に見えることがある。特に、明白な異常ではない場合が難しい。親はそれに気付いていない。うかつに親に「発達障害かもしれませんからかかりつけの先生に相談して下さい」などと言うと、トラブルになることがあるという。泣き出したり、怒り出したりする親がいるのだ。

それでも、「子どものために何が一番重要かを考えて、親に発達障害の可能性をしっかり伝えて下さい」と母は諭す。幼稚園の先生や保育園の保育士は子どもを預かるというとても重い仕事をしているのだから、そこには責任があるはずである。誰かが言わなければ、子どもの障害は見過ごされてしまう可能性がある。子どものことを思えば、勇気を持って伝えて欲しいというのが母の思いだ。

②泣くことなんてない

細かいことも質問される。保育士からは「こだわりにはどう対応すればいいですか？」と聞かれる。

母は答える。

「応じて下さい。禁止する必要はありません。１００％応じて下さい」

若い母親が尋ねてくる。

「パニックにはどう対処すればいいんですか？」

「起こしてしまったパニックを止めることはできません。落ち着きなさいと言う必要もありませんから、放っておいて下さい。時間が経つのを待てばいいのです。叱ったり止めたりしようとすると、親が関わったことでよけいにパニックになるんです。パニックがパニックを呼びますから、耐えられなかったらお母さんが耳栓でもして別の部屋に退避して下さい」

若い母親の質問は続く。

「相手の気持ちが分からないときは、どう説明したらいいのでしょうか？」

「それはもう仕方がありません。『同じことをされたら、自分だったらイヤだ』なんて絶対に思いません。『相手の気持ちを考えなさい』なんて言っても通じません。だからもし、その行為を相手にやった場合、どういう結果が待っているかを説明して、それでもやるかと本人に選ばせるんです」

17年間、母は勇太君と一緒に今日まで生きてきた。大変な思いもたくさんしてきた。しかし今になって言えるのは、いや、今だから言えるのかもしれないが、自閉症児を育てるのはそんなにつらくはないということだ。我が子が自閉症と知って若い母親は泣くだろう。だけど本当は泣く必要なんてない。泣く理由は将来が不安だからだろう。新型出生前診断でダウン症と診断されると90％以上の人が中絶する理由は、将来が見えないで不安だからだろう。我が子を自閉症と診断されたばかりの若い母親が泣く理由と同じである。ただ、生まれてきた子は育てるしかない。育児を放棄することは許されない。

　不安になる理由の一つは金銭的なものだろう。しかし日本の福祉は日々よくなっている。療育手帳を持つような障害児は驚くくらいお金がかからない。交通機関などでの支出を抑えることができるし、こうした子は、高額な塾へ通ったり有名私立学校に行ったりすることはない。逆に特別児童扶養手当を受け取ることができる。障害のレベルに応じて1級は月額5万数千円、2級は月額3万数千円である。毎月5万円を20年間貯めれば、１２００万円である。

　放課後デイには勇太君よりもはるかに重い障害の子も何人もいる。聞いたこともない病名の子もいる。しかしその母親たちが毎日泣きくれているかというとそうではない。それなりに明るく楽しそうに生きている。いろいろな障害の子がいて、それぞれの生活を送っている。母は、あるダウン症児の母親と気のおけない間柄である。

その母親は、自分の子どもの風貌を気にしていた。その彼女が言う。

「いいわね、勇太君は。どこから見ても普通に見えるから」

しかしそれは違うと母は彼女を励ます。

「普通に見えて普通じゃないから困るのよ。あなたの場合は障害が目に見えるから配慮してもらえていいじゃない。いちいち障害を説明しなくて大丈夫でしょ？」

こういう会話ができるのは、障害児を授かった悲しみを長い時間をかけて乗り越え、今に至っているからだ。

だから、障害児を持つ親に強く勧めることが一つある。それは障害児の親の仲間に加わることだ。健常児と交わることにこだわる親は、健常児と障害児の違いを思い知らされてつらくなる。福祉サービス、学校、就労、住まいの情報も入ってこない。家族会はたくさんある。最初にたくさん泣いたらそのあとは、ネットばかり見ないで家族会に実際に足を運ぶことが大事だ。子ども同士も遊び相手ができるし、親も交流を深めて情報を得ることができる。

過去を振り返ると、自分の考え方もずいぶん変わった。「友だちがいないと寂しいだろうな」とか、「集団行動が取れないといけない」とか、それは健常者としての自分の思考法だった。だけど、勇太君は人と関わりたいと思っていない。そういうことが分かってきた。友だちが欲しいと思っていないし、実際に親友はいない。それが自閉症児の考え方なのである。だから、健常者の脳で子どもの幸せを考えてはいけない。自閉症児の脳で考えてやればいいのだ。勇太君は自閉症の世界に生きているのだから、その世界観の中で楽しみを見つければいい。

子どもを変えようとしてはいけない。親が変わるべきなのである。

③ 勇太君のある一日

今日も勇太君は8時2分に家を出て学校に行く。帰りは放課後デイに寄り、帰宅は18時30分だ。決まった時刻に夕食を摂り、入浴し、就寝する。土曜日は朝からヘルパーさんと出かけるのがルールである。先週は釣り堀カフェに連れていってもらった。日曜日は祖母の家へ行く。一人暮らしの祖母は80歳を超えて寂しがっている。祖父も他界したので、勇太君としては行きやすい。祖母の家でおばあちゃん孝行をしていると書けば美談になるのだが、そこでもやはりパソコンでトイレと鉄道の動画を視ている。飽きれば家の中を跳ねている。同じようなペースで一週間が過ぎていく。

先日ちょっとした変化があった。結婚式に呼ばれたのである。勇太君が小学1年から通っている放課後デイのスタッフの男女が結婚することになったのだ。

母はちょっと不安だった。そんな大切な式典でもし勇太君がパニックになったり暴れたりしたら申し訳ないでは済まされない。そんな思いで確認の連絡を入れると、「もちろん、参加して下さい」とのことだった。

勇太君のもとには招待状が届いた。結婚式の日まで、何度もくり返し封筒の中からカードを取り出して内容を確認していた。その日が来ることを心待ちにしていたのであろう。

結婚式の当日、学校の制服に、祖父の形見であるネクタイを合わせることにした。式典は17時からであるが、勇太君は何種類ものネクタイを朝からずっと自分の胸に当てて、どれが似合うか確かめていた。家を出る前は緊張していたが、式場に着くと喜んで満面の笑みになった。

式には放課後デイの何十人もの障害児が招待されていた。新しい場所にパニックになってしまい、泣き叫ぶ子もたくさんいた。入り口から会場に入れないまま泣いている子もいる。こういう場所は自閉症児には難しい。だからこそ、放課後デイの新郎新婦は子どもたちを招待したのだ。こういう機会がないと、この子たちは社会を覗くことができない。

勇太君はやはり「初めての場所」に強かった。きちんと着席して式典を見守り、料理を口にした。新郎が新婦の額に口づけをする場面で、勇太君の顔つきが緩んだ。照れているのだ。

式は笑い声や泣き声が入り交じりとても賑やかだった。うるさいと言ってもいいくらいだった。しかしみんなが子どもたちを理解しているために、誰も「静かにしなさい」などとは言わない。いい時間が流れていると母は思った。

最後に新郎が挨拶に立った。立派なスピーチを終えると一斉に拍手が起きた。勇太君もみんなと一緒に拍手を送り続けた。凛とした表情だった。

そして明日からも、母と勇太君は一緒に生きていく。

20章 あれから5年 文庫本のためのエピローグ

①就職活動

高等部3年生になった勇太君は、その後の進路を決めなければならない。道は五つある。

- 一般企業の障害者枠に就職する。
- 就労移行支援事業所で職業訓練を受ける。
- 就労継続支援A型で事業所に雇用される。実際にはこの道はほぼ枠がない。
- 就労継続支援B型で作業し工賃のみを受け取る。
- 生活介護を受ける。

勇太君母子の住む区は、卒業までにこの五つのうちの二つを体験し、どこへ進むか決めるというシステムになっていた。誰もが自由に自分の好きな道に行けるわけではなく、本人の適性と企業・事業所の判断、そして最終的には人数調整の意味合いもあり、進路が振り分けられていく。9月までに決めなければならない。

母にとっての第一志望は、勇太君が一般企業に就職することだった。

3年生の夏に勇太君は、ある有名企業の職場実習に行った。実習の途中で母は学校の担任の教師と一緒に職場の様子を見学に行った。普段は落ち着きのない勇太君が、集中して作業をしていた。ダイレクトメールの封入や押印を黙々と続けていた。母の目に映る勇太君の姿は健気の一言に尽きた。親から見れば、100点、いや200点だと思った。

しかしその企業から届いた通知には、「集中力がなく、採用できない」と書かれていた。「見込みあり」と判定された実習生はさらに実習が続くのだが、勇太君にはその可能性すらなかった。母はショックだった。企業が求めている勤務能力は母が考えていたものよりずっと高かったのだ。母は勇太君に「実習はもう終わりだよ」と伝えた。

では、もう一つの実習先を選ばなければならない。母は勇太君の才能を生かすには、就労継続支援Ｂ型事業所ではあまり相応しくないと考えていた。Ｂ型事業所では単純軽作業が中心になる。こだわるわけではないが、勇太に向いているのは一般企業の事務職だと思えた。

勇太君はパソコンを使って膨大なデータを入力することができる。趣味のトイレの品番の一覧表作成などはその例だ。データを入れているときの集中力は、むしろ常人以上だろう。できれば将来、一般企業に就職させたい。そこで、就労移行支援事業所に進ませようと考えた。

母は近隣の就労移行支援事業所へ次々と足を運び、事業所の様子を見学させてもらった。だがどこも期待に反するような事業所ばかりだった。箸を袋に詰めるとか、紙を折って畳むとか、単純な反復作業がおこなわれていた。

（こんなことで職業訓練って言えるのだろうか。何か技術を身に付けて将来企業に就職できるのだろうか）

10カ所の就労移行支援事業所を巡った母は不安でしかなかった。そんなとき、同じく障害の子を持つ母親から、「いいところがあるよ」と教えてもらった。自宅からはやや離れるが、一般社団法人・ＨＯＰＥ神田という事業所だった。母は早速見学に行った。ＨＯＰＥ神田では20名が職業訓練を受けていた。知的障害を持つ人が７割で、精神障害者保健福祉手帳を持つ人が3割だった。訓練期間は2年。もちろん、途中で就職が決まればその時点で、「卒業」していく。最大で2年までいられるということだ。

ＨＯＰＥ神田は、まずなんといっても作業所内の雰囲気が明るかった。支援員も明るかったし、訓練を受けている人たちも楽しそうだった。訓練の内容は、パソコンのスキルアップがメインだ。母は以前から、就職をするにしてもその訓練を受けるにしても、人との出会いが大事だと考えていた。ここは勇太に向いている。そういう支援員が揃っている。それにここなら、勇太のパソコン技術を上げることができる。ここでがんばれば、必ず事務系の就職につながる。そういう希望を持つことができた。

迷いはなかった。母は、勇太君に「来年の春からＨＯＰＥ神田に行って就職の訓練を受けようね」と伝えた。学校にもその旨を伝え、こうして勇太君の進路が決まった。

２０１９年3月15日。勇太君は高等部の卒業式を迎えた。母も参加した。校長先生の長い話があって式典は粛々と進んだ。勇太君がどんな表情をするかと母が見ていると、さして思い入れもないようで、勇太君は淡々とその時間を過ごした。

一方で、放課後等デイサービスの終了式では少し様子が違った。最後の日はパーティーのような賑やかな催しがおこなわれた。主役の勇太君はみんなから、おめでとうの言葉をもらい、ニコニコと笑顔を浮かべた。

保育園から特別支援学校へ。そして支援学級から高等部へ。児童発達支援の療育から放課後デイまで。長い学びの道だった。これからは社会人への助走期間に入っていく。勇太君は18歳になろうとしていた。それまでの道のりを振り返ると、母は感慨深かった。ＨＯＰＥ神田に勇太君は毎日通った。作業を黙々とこなした。仕事内容はやはり勇太君に合っていて、ワードやエクセルを使ってデータを入力する作業が多かった。また履歴書の書き方などの、ビジネスマナーも学んでいった。

予定では、２０１９年4月から２０２１年3月までが勇太君の職業訓練期間である。それまでに就職先を決めなければならない。事業所は職業訓練をしてくれるだけではなく、求人情報を集めて、いい就職先を探してくれる。障害者の就職実績が事業所の業績となり評価につながるからだ。ところが、勇太君はなかなか相応しい仕事に出会うことができなかった。

その間、仲間たちが仕事先を見つけて事業所を退所していく。「卒業」が決まると、事業所では送別会がおこなわれる。勇太君は、送別会とは就職を意味することだと分かっていたため、徐々に焦りを見せるようになった。

「ぼくはいつ？　送別会」

勇太君は母に毎月のようにそう聞いてきた。母は、「もう少しだからがんばろう」と勇太君を励ました。そして「焦る必要はないよ」と言い聞かせた。

しかし、２０２０年になって新型コロナウイルス感染症がパンデミックになった。２０２０年4月7日には1回目の緊急事態宣言が発令され、このコロナ禍はその後、大規模感染拡大になっていったことは周知のとおりだ。この結果、企業からの求人は激減した。また企業実習もできる状態ではなくなっていった。

２０２1年3月が近づいていた。このままでは就職できない。それはなんとしても避けたい。ただ、妥協して不本意な会社に就職するのはよくないと思った。健常児だって高校を卒業したあとに専門学校でしっかり学んで社会に出ていく子がいる。勇太も同じはずだ。この子にもしっかりとしたスキルを付けてから社会に送り出したい。

母は区役所に行ってケースワーカーに相談した。就労移行支援は税金で賄われている。だから延長というのは原則ないはずだ。ところが母が区役所に相談してみると、職員の対応は柔軟だった。申請書を出してくれれば、もう1年の延長が可能だという。この言葉は母には本当にありがたかった。

こうして勇太君は、２０２２年3月までＨＯＰＥ神田で職業訓練を継続することになった。今度こそ、そこが最終ラインである。それまでに企業の実習を済ませて内定をもらわなければならない。気が付けば、勇太君は事業所で最古参になっていた。

２０２１年12月に、勇太君はAという会社に実習に行った。障害者に理解のある会社だった。だが、採用されるかどうかの見通しは全然ついていなかった。まず３日間の実習を受けた。結果はどうだったのか、母と勇太君はHOPE神田の支援員を伴って３人で話を聞きに行った。結論はこうだった。

年が明けると繁忙期に入り、勇太君のサポートに力を入れられないので、即採用は難しい。ただ、２０２２年３月までにコミュニケーション・体調管理・ビジネススキルの課題にHOPE神田で取り組んで欲しい。３月にもう一度面談して、これらの取り組み状況や入社意欲を確認し採用の可否を決定したい。

また、「お母さんはもう少し子離れした方がいいですよ」と釘を刺された。

母は微妙な気持ちになった。わずか3カ月先に勇太のスキルが上がっているということは、あり得るのだろうか。３カ月後にダメと言われるのであれば、今はっきりと言って欲しいとも思った。

もう時間がない。母は再び区役所に行ってケースワーカーに相談した。企業が無理ならば、選択肢はB型事業所になる。相談してみると、ケースワーカーからは、「9月にはもうすべてが決まって埋まってしまうんですよ。今から入り込むのは難しいです」と言われた。

母はちょっと強引に押してみた。切羽詰まっていた。母が懇願するとケースワーカーは、「ではダメ元で確認してみましょう」と、あるB型事業所に電話を入れてくれた。そこは自宅から比較的近く、新しくできたきれいな事業所だった。そして結果はあっさりと「まだ空きがあるからいいですよ、実習に来て下さい」というものだった。

母は驚き、そして安堵した。ケースワーカーにもB型事業所にも感謝の気持ちで一杯だった。こうしてパン屋を運営するB型事業所に勇太君は1週間実習に行った。言ってみれば内定をもらったようなものである。

だが、会社Aの実習が残っている。最後の逆転なんか想像できないが、もしものことがあるかもしれない。母はそのB型事業所に赴き、施設長にこれまでの事情をすべて正直に打ち明けた。

「実はこれからAという企業の実習が始まるんです。一度はダメと言われたんですけど、もう一度実習を受け入れてくれるんです。そこがダメだと行くところがないんです。なんだか保険をかけているようで……本当に申し訳ないのですが、そのときは、ここに入れて頂けないでしょうか」

施設長はまったくイヤな顔をしなかった。

「いやあ、いいですよ。そういう人はたくさんいますから。大丈夫です」
母はこの言葉に気が楽になった。これで行き場が「なし」ということはなくなった。
会社Ａから前回与えられた具体的な課題に、勇太君はＨＯＰＥ神田で短期間ながら取り組んだ。そして３月がやってきた。Ａで２度目の企業実習を勇太君は受けた。採用結果は12月とは違っていた。勇太君は２０２２年の春からＡの契約社員になることになった。

企業が善意だけで人を採用することはない。勇太君は課題をクリアしており、その取り組みをレポートとして提出もしていた。会社はそこをしっかりと見ており、勇太君の技能を評価したのだった。

母は嬉しかった。勇太君もついにＨＯＰＥ神田で送別会を開いてもらった。晴れて「卒業」となり、勇太君も笑顔になった。

こうして勇太君は会社という帰属する場所ができ、社会人になった。当初の勤務は９時から13時までだった。仕事はやはりパソコンを使った作業だった。勇太君は会社の期待に応えた。ＨＯＰＥ神田で鍛えられたスキルがＡで生きていた。

勇太君はＨＯＰＥ神田から、就労定着支援というサポートを受けている。無料または月額３０００円前後の自己負担で受けられる福祉サービスだ。ＨＯＰＥ神田の支援員が毎月、会社Aに行き、職場担当ならびに勇太君とそれぞれ面談をする。就労の状況を把握し支援の方向性を整理していく。これによって仕事が継続できるように3年間にわたって、勇太君と母のところに毎月レポートが届くのである。

もし、勇太君が高等部を卒業後にそのまま就職していたら、支援学校の先生が就労をここまで手厚くフォローしてくれるということはないだろう。就労移行支援事業所に進んだからこそ、こうしたサポートが受けられるのだ。

勇太君が高等部3年生のとき、企業に就職する同級生が何人かいた。母はそれを見て「うらやましい」と思った。しかし今となっては考えが違う。遠回りはしたが、結局それでよかった。人生に無駄な道はないと知った。

勇太君の仕事は正確で丁寧だった。Aの責任者からも「十分戦力になっていますよ。彼がパソコンでデータを入力している様子を写真で紹介させて下さい。うちの事業所の告知用に写真を使ってプレゼンができます」と誉めてくれた。勤務時間も9時から16時に延びた。将来は正社員になる可能性もあるそうだ。

勇太君の毎日には張り合いがあると母は感じている。会社に採用されて、仕事をもらい、そのことにやりがいを感じているように見える。月に1回給与明細を受け取ると、それを勇太君はそのまま母親に渡す。お金を得ているということを実感している。ただし銀行通帳に記帳したりすることはないので、自分の貯金がいくらなのかは把握していないようだ。

給与明細を受け取る日に必ず、勇太君はAmazonでプラレールを購入する。金額はおよそ５０００円と決めている。自分の労働で得たお金でプラレールを手にすることで、勇太君は働く喜びを感じているのかもしれない。

週末の勇太君は、相変わらずトイレ散策を続けている。東京都とその近郊を巡って、トイレの水流を動画に収めている。これまでの記録は膨大なものになっている。22歳の勇太君は、27歳までのトイレ散策の計画を作り上げている。今後5年、どこに行って動画を撮影してくるかを決めているのだ。そして27歳になったら、YouTubeチャンネルを開設し、トイレの水流を公開することを予定しているらしい。

②障害基礎年金のこと

障害基礎年金のことについて触れておこう。障害者は20歳になると障害基礎年金を受け取ることができる。この制度は障害者手帳とは別のもので、手帳がなくても障害認定されれば年金を受け取ることができる。問題は、その診断書を誰に書いてもらうかということだ。

知的障害児は、幼少期は医療機関にかかっている。私の住む千葉市でいえば、知的障害のある自閉症児はかかりつけ小児科医と千葉市療育センターで診ていく。だが、千葉市療育センターのフォローは就学時に終了する。その理由を私は千葉市療育センターに直に尋ねたことはないが、現実問題として患者が多すぎるためにそこで診療終了になるのであろう。

すると、子どもを診るのはかかりつけ小児科医だけになる。知的障害児に対しては、教育的なサポートや発達支援などは必要であるが、医療的にはしだいにやることがなくなっていく。最初は医療の中に子どもがいるが、やがて生活の中に子どもがいて、医療は生活の中の一部になる。小児科が患者を診るのは、原則として中学3年生までである（移行期医療に力を入れている小児病院ではもう少し長く診てもらえる）。すると、15歳くらいで子どもは医療と離れることが多い。

子どもが20歳になり障害基礎年金を受給しようとすると、その時点でかかりつけ医がいないことになる。保護者は慌てて精神科などを受診させようとするだろう。千葉市の場合は、精神科の開業医が診断書を作成することを引き受けてくれるようだが、東京都の場合、これが難しいという話を聞く。

なぜかといえば、障害基礎年金の診断書を書くのは大変な労力が必要だからだ。診察時間内にはとても書けない。毎日残業しながら少しずつ書いていくという感じだ。

私は大学病院にいたとき、難聴の20歳の患者に障害基礎年金の診断書を書いたことがある。このときは、ソーシャルワーカーに手伝ってもらって2カ月かかった。ただ、この患者は原疾患が小児がんで、抗がん剤の副作用で難聴になったため、通常のケースより書類の記入が複雑だったという経緯がある。

東京都のすべての開業医がそうなのかは知らないが、開業精神科のホームページを見てみると、「障害基礎年金の診断書作成のための受診はお断りします」と書いているところがいくつもある。勇太君の母は医療や福祉制度に関して情報を豊富に持っている人であるが、障害基礎年金の診断書を書いてくれる開業医を見つけることができなかったという。

本書で書いたとおり、勇太君には強迫性障害があり、東京大学医学部附属病院の精神神経科に通院していた。その後、診療体制の縮小から「ほかの病院に移って下さい」と言われ、東京都立松沢病院へ転院した。勇太君は20歳の時点で都立松沢病院に主治医がいた。これは幸運だった。

松沢病院の主治医は、毎年違う医師に変わるような体制だった。母が障害基礎年金の診断書をお願いしたとき、主治医の若い医師は勇太君をまだ3回しか診たことがなく、その付き合いもまだ半年しかなかった。

そこで母は詳細な資料を作ってそれを主治医に渡した。主治医は「助かります」と大変喜び、その資料をもとに診断書を作ってくれた。勇太君は障害基礎年金2級の受給資格を得た。

大都会と地方では事情がだいぶ異なると思うが、障害基礎年金の診断書をスムーズに書いてもらえない医療体制はどうなのだろうかと思ってしまう。知的障害児を育てている家庭には、15歳を過ぎても医療機関と切れないように、大人の精神科などへ移行しておくことを助言したい。

③大人になっても成長する

勇太君のこの5年。就労だけでなく、さらに自立が進んだ。日曜日に勇太君が出かけるもう一つの場所は料理教室である。本人はイヤイヤ行っている節があるが、これは自立のために避けて通れない。勇太君は手先があまり器用ではないし、教室の先生から「四等分に切って下さい」とか言われると意味が分からないこともある。そういうときはストレスのようだ。しかし隣で料理を作っている生徒さんの様子を見ながら、自分も真似しながらなんとか作っている。

料理教室で覚えた料理は、自宅でも実践することがある。餃子などは具から丁寧に作り、皮に包んで、焼き上げる。キャベツを均等に切るとかのこだわりは必ず守るので、意外と料理は上手といえそうだ。

買い物も自分で出かけて済ますし、近隣のクリニックを受診することも一人でできる。もっともそういう場合は、母が病状をLINEに書いて、それを勇太君が医師に見せるようにしている。しかし受付から会計までやり遂げる。処方箋もしっかりもらってくる。歯科の受診の際には、母に告げず自分の判断で予約を取るということもできるようになっている。

先日、母は検査入院で一泊自宅を空けた。以前ならこういうときは、ヘルパーに来てもらうか、ショートステイに勇太君を預けていた。しかし今回は、勇太君は自宅で一人で過ごした。一人でできることが増えると自信になる。自信がつくと一人でやってみようと思う。この好循環が勇太君をさらに成長させている。

勇太君が社会との接点で一番困難を抱えるのは、彼のパニックである。しかしこれも変わりつつある。

1年前のこと。勇太君は日曜日にいつものようにトイレ散策に朝から出かけた。商業施設の多目的トイレを訪れ、便器の品番をチェックし、水流を動画撮影していた。母は仕事のため外出していた。すると14時頃に、母の携帯電話が鳴った。横浜市の戸塚警察署からだった。

「息子さんがトイレの前で騒いでいると通報がありました。それで保護者の方にお電話した次第です」

母は驚きはしたが、常に覚悟していることでもあった。おそらく不審者と思われて通報されたのだろう。

警察官は続けて「お子さんは自閉症なのですね」と言ってきた。勇太君のバックパックにはヘルプマークが付けてあるし、療育手帳には「自閉症の障害があります」と書き込んである。警察はそれを見て事情を理解したのであろう。大事にならなそうな気配に母は安堵した。

母が「どういう様子なのでしょうか」と尋ねると、警察官が状況を説明してくれた。

勇太君はトイレの前で扉が開くのをずっと待っていた。30分以上も待っていたらしい。なぜ、30分も開かなかったのか。詳しい事情は分からないが、どうもホームレスの人がトイレに閉じこもっていたらしい。勇太君は帰宅時刻を厳格に守るので、門限が気になってイライラし、それが昂じてパニックになった。そして通報されたのだ。

母は勇太君と電話を代わってもらった。勇太君が向こうで叫んでいる。

「これからは30分待たない。20分待ってドアが開かなかったら諦めて、次のトイレ、見に行く！」

電話はブッッと切れた。こういう日は帰宅後に勇太君は大暴れになることが常だった。そこで母はLINEでメッセージを送った。

『警察から電話がありましたけれど、20分ルールを作ったのはよい工夫ですね。これからのトイレ撮影に生かして下さいね』

夕方になって帰宅した勇太君は普段と変わらない様子で落ち着いていた。ただ叫びすぎで声がガラガラだったけれど。そして何度も「20分で次のトイレに行く！」とくり返していた。

普段から、勇太君は警察を異常に怖がっている。だけど警察に通報されてもそれ以上のパニックにならず、母親の携帯電話番号を伝えるというのは冷静な対応だった。さらには自らルールを作って、今後パニックになって通報されないようにしているところなどは、これまでにないことだった。

子どもが成長するのは当たり前だろう。でも大人になっても成長するのだと母は実感した。母が以前に思った以上に勇太君は自分で考えて行動するようになった。ＨＯＰＥ神田で学び、社会に出て働いたことが想像以上の成長につながっているのだろうと母は思う。

勇太君が高等部に通っていたとき、母は「親亡きあと」の勇太君の人生をひどく心配した。グループホームを自分の手で作ることも考えたし、実際に建物を作る不動産事業に携わる公益社団法人を紹介してもらったりもした。ただ同時に、こういった制度や法律はどんどん変わっていくということも知った。だから今からあまり先のことを考えても仕方がないとも言えた。常に新しい情報を仕入れながら、5年ごとに新しいプランを立てればいいと助言を受けた。

そして5年が経ってみると、勇太君は想像以上に自立が進んでいた。グループホームが本当に相応しいのか少し疑問に思える。自閉症の人は集団生活が得意でない。一人でいることが好きである。勇太君もそうだ。それを考えると違う道も選択肢となるかもしれない。

サテライト型グループホームというものがある。これは、本体住居であるグループホームとサテライトの関係にあり、一人暮らしをするというものだ。何か困難があれば本体住居のグループホームから支援員が駆けつけるという形をとる。

このシステムは、将来完全に一人暮らしをするためのワンステップのような位置付けにある。通過型とも呼ばれ、原則3年間と決められているが、これも将来どう変わるか分からない。

勇太君にはサテライト型がいいようにも思えるし、もしかしたら将来、今の自宅で一人暮らしできるかもしれない。日常の家事はほとんどできる。だが、ちょっとイレギュラーなことが起きると対応は難しい。たとえば、家電などが壊れてメーカーに修理を依頼するときなどだ。

それでも母はなるべく多くのことを勇太君にやらせている。宅配便の人が来たら、勇太君に対応させる。勇太君は荷物を受け取り印鑑を押す。風呂の掃除もやらせているし、毎日の洗濯もやらせる。自閉症の人は1回教えるとルールを必ず守る。洗濯物は必ずきちんとシワを伸ばして干し、きちんと畳む。網戸の掃除のしかたを教えると、母がそれまで1年に2回だけやっていたものを、2週に1回必ずやるようになった。

母は細かく手出ししないことが大事だと思っている。やらせてみるとできるし、できれば楽しいと思える。そうするとまた新しいことにも挑戦して覚える。

5年前、母の胸には不安があった。将来の就職とか住まいのことが気になった。現在でもそれは完全に解決したわけではないが、あの当時の不安は薄らいでいる。将来への道がうっすらと見通せるようになっているからだ。やってみると、思っていた以上にどうにかなる。それが偽らざる母の心境だった。悲観することはなかったのだと今なら思える。

現在、母は自分の健康管理に今まで以上に気を使っている。健康なまま長く生きたい。勇太君との楽しい時間を少しでも長く継続したい。それが母の思いだ。

……………………

5年前に本書を執筆したとき、母へのある質問に続くやりとりを丸ごと割愛した。それは次のようなことだ。勇太君の人生は山あり、谷ありだったと言ってもいいだろう。プールで指導員に罵倒されたこともあった。でも初めて言葉が出たときの喜びもあった。谷があるから、山が際立つ人生だと言える。

私は自閉症の子どもの生きる道は、大まかに言って平板なものかと思っていた。だがインタビューをしているうちに、勇太君には彼なりの豊かな世界があるような気がしてきた。トイレの水流に熱中するのは世間の基準からすれば少し不思議な興味には見えるが、それはそれで熱中できる何かを持っているのは若者として中身の詰まった生き方に見えた。そこで母に尋ねた。

「勇太君の生活とか人生は豊かなものですか？」

すると母は「うーん」としばらく考え込んだ。１分くらい黙り込んでしまったのである。

「どうでしょう？　豊かと言えるでしょうか。くり返しが多いし、むしろ平凡な毎日じゃないでしょうか……」

これは意外な答えだった。返答があまりにも歯切れが悪かったので、このインタビュー部分は原稿から落とした。

あれから5年経ち、私はもう一度、同じ質問をしてみた。今度は間を置かずに返事の言葉が出た。

「そう思います。豊かに生きていると思います」

私には「なぜですか？」と重ねて聞く必要はなかった。答えはすでに母の言葉の中にある。大人になっても人は成長する。成長し続ける勇太君は間違いなく豊かに生きていると言えるだろう。

５年という時間は大きい。つくづく私はそう思った。

補章　発達障害を理解するために

○発達障害とは何か

近年、発達障害という言葉を耳にする機会が非常に増えている。ところがその割には、「発達障害とは何か？」をうまく説明できる人は少ない。その理由は、疾患概念が時代と共にどんどん変わっていくからだ。

少し杓子定規に説明するならば、２００５年に施行された発達障害者支援法の定義を引用するのがいいかもしれない。これによると、「『発達障害』とは、自閉症、アスペルガー症候群その他の広汎性発達障害、学習障害、注意欠陥多動性障害その他これに類する脳機能の障害であってその症状が通常低年齢において発現するもの」と書かれている。

しかし、この説明で理解できる人はあまりいないのではないだろうか。そこで右記の説明文を読み解いていく。

○DSM－5とICD－10

疾患の名称や分類方法、病気の概念は非常に複雑である。国際的な診断基準が二つあり、専門書を読むと混乱することがある。

ＤＳＭは、アメリカ精神医学会による分類である。「精神疾患の診断・統計マニュアル」のことである。現在、第5版が示されており、これをＤＳＭ－５と呼ぶ。

ＩＣＤは、世界保健機関（ＷＨＯ）による分類である。「国際疾病分類」のことである。現在、第10版が使用されており、これをＩＣＤ－10と呼ぶ。そして、ＩＣＤ－11が２０２２年に発効し、その移行作業がおこなわれている最中である。

当然のことながら、両者は別の疾患概念に基づいて作成されているため、使用される病名にも違いがある。アスペルガー症候群はＩＣＤ－10にはあるが、ＤＳＭ－５にはない。日本の医療の現場では、ＤＳＭ－５もＩＣＤ－10も両方とも医師が利用するため、いろいろな言葉（診断名）が混在する。

○レオ・カナー

アメリカ人児童精神科医、レオ・カナーは、１９４３年に自閉症の一群の子どもたちの症例をまとめて報告し、翌年、「早期幼児自閉症」と名づけた。これが自閉症の研究のスタートである。ちなみに「自閉的」という言葉は、すでに20世紀初頭に、スイスの精神科医オイゲン・ブロイラーによって使われていた。彼は精神分裂病（現在の統合失調症）の名づけ親であり、分裂病の患者が自己の世界に引きこもってしまう様を「自閉的」と表現していた。カナーは、自閉症を統合失調症が早期に発症したものと考えていた。

カナーの描く自閉症は、

- 他人との接触の欠如
- 言語障害／言葉の遅れ
- 知的な遅れ
- 反復的なこだわりや、ある事柄を同一に保とうとする欲求
- 優れた機械的な記憶

などである。つまり今日で言うところの「知的障害を伴った自閉症」である。

○ハンス・アスペルガー

オーストリアの小児科医、ハンス・アスペルガーは、1944年にカナーが定義するものとは異なる一群の子どもたちの症例を報告した。

・社会性の障害／共感能力の欠如
・言葉は出るが、話し方や内容が普通の子と異なる
・同じことのくり返しの動作
・不器用
・優れた記憶力
・知的な遅れはない

アスペルガーの報告した症例は、カナーの自閉症から知的障害を除いたものに非常に近い。ただし言葉は出るが、その話し方や内容が奇異であり、社会性の障害と相まって、「空気を読めない／場にそぐわない」発言が多くなるという結果を招く。

アスペルガーの報告はドイツ語で書かれていたため、当時、世界に広く知られることはなかった。

○ローナ・ウィング

イギリスの精神科医、ローナ・ウィングは、1970年代後半にアスペルガー症候群の概念を復権させて世に広めた。また彼女は、自閉症スペクトラム障害という概念を提唱した。カナーの自閉症を「知的障害を伴う自閉症」、アスペルガーの自閉症を「アスペルガー症候群」と位置づけ、両者の間に明確な区別はなく、スペクトラム（分光器による虹）のように連続体であると考えた。

またウィングは、自閉症スペクトラムを三つ組で定義した。

- 人との相互交渉ができない（他人と双方向のやりとりができない）
- コミュニケーションが取れない（意思が伝えられない）
- 想像力の障害（いわゆる、ごっこ遊びができない）

また、狭く固い反復的な活動や興味のパターンがあることも指摘している。

○高機能自閉症とアスペルガー症候群

ほぼ同様の意味で使われることもあるが、「知的な遅れはない」が「言葉の遅れがある」場合に、アスペルガー症候群ではなく、高機能自閉症という疾患名を使うことがある。しかし実際の臨床の場で両者を区別するのは困難とされている。

○広汎性発達障害

自閉症スペクトラム障害と同様の意味で使われる。敢えて細かく説明すると、「自閉症」「アスペルガー症候群」に「非定型自閉症」や「小児期崩壊性障害」などのまれな発達障害も加えた概念が広汎性発達障害である。「広汎性」という言葉の意味は、後述する注意欠如多動性障害や学習障害がある特定の領域においてのみ障害を示すのに対して、自閉症スペクトラム障害では広汎性の領域に発達障害が見られるからである。

なお、ＤＳＭ－５には広汎性発達障害という言葉はなく、自閉症スペクトラム障害が用いられている。

○自閉症スペクトラム障害の概念

縦軸に知能の高さを、横軸に自閉傾向の強さを表した。四つの四角の間に明瞭な区分

自閉症スペクトラム障害の概念

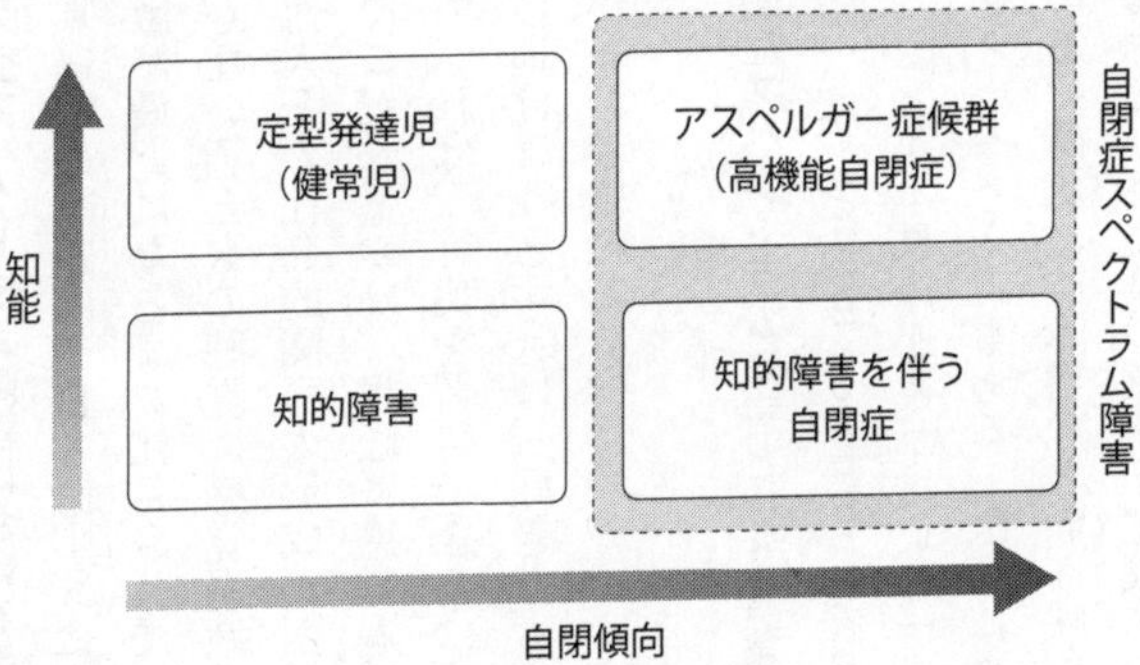

は付けがたいことが特徴である。定型発達児の中でも知能指数（IQ）に大きな幅がある。IQ70～75付近は、定型発達と知的障害の境界になる。アスペルガー症候群も、「場の空気を読めない」程度から、「こだわりが強く、社会性に極めて乏しい」人まで幅がある。

○自閉症スペクトラム障害の診断基準

DSM－5では、自閉症スペクトラム障害の診断基準を以下の2点に集約した。簡略に書く。

- 社会的コミュニケーションや対人的相互反応の欠陥
- 限定された反復的な行動、興味、活動

○自閉症スペクトラム障害における感覚過敏の問題

感覚過敏の問題は、ＤＳＭ－５になって初めて診断基準に加えられた。筆者はなぜ感覚過敏が最近になるまで注目されてこなかったかが不思議でならない。たとえば生まれて間もない子どもの聴覚に感覚過敏があれば、健常な発達などはあり得ない。自閉症児が、他人との社会的関係の形成が困難で、言葉の発達が遅れ、興味や関心が狭く特定のものにこだわるのは、根底に感覚過敏があるからではないだろうか。不快な音に世界が満ちていれば、言葉を習得できるはずがないし、他人と関われるはずがない。不快なものから逃げようとすれば、好きなものに固着する。それがこだわりとして表れるのではないかと筆者は考える。

○自閉症スペクトラム障害という言葉

英語では、Autism Spectrum Disorder：ＡＳＤと言う。Disorderとは「状態が乱れている」とか「秩序が乱れている」という意味である。従って、「障害」という言葉は不適切という考え方もある。医師によっては「自閉スペクトラム症」という訳語を使用している。確かに「障害」という呼称には問題があるかもしれない。

「障害」という言葉の意味や定義については、かなり古いが１９８０年のＷＨＯの国際障害分類の障害構造モデルの説明が分かりやすい。

Disease or Disorder（疾患・変調）

↓

Impairment（機能・形態障害）

↓

Disability（能力障害）

↓

Handicap（社会的不利・ハンディキャップ）

一例を挙げると、「知的遅れのある自閉症」で生まれてくると、「知的能力が劣っていたり、他者とコミュニケートできない」。その結果、「勉強ができなかったり、他者と共同作業ができなかったりする」ために「一般企業に就職しづらい」と理解するわけである。つまり真の意味での「障害」とは社会との接点における不利益である。従って「自閉症」自体はＷＨＯの考え方によれば、「障害」の原因であって、「障害」そのものではない。

筆者が、「障碍児」や「障がい児」という言葉を使わない理由もここにある。「障害児」は社会に出ていくと必ず不利益を被る。その状態を「障害児」と言い表している。子どもに障害があるのではなく、社会に障害があると考えるのである。「障害」という言葉を使わないことは本質を見失うことになるというのが筆者の考え方である。

○注意欠如多動性障害（Attention Deficit / Hyperactivity Disorder）

英語の頭文字を取ってＡＤＨＤと言う。こちらの言葉の方が有名かもしれない。「注意欠如」と「多動」の間に中点（・）やスラッシュ（／）を入れることもあるが、本書ではそのままに書いておく。主な症状は以下の三つである。

- 不注意（集中力がない／忘れ物が多い／飽きっぽい／物を無くす／細かいことに気付かない）
- 多動性（席に座っていられず立ち歩く／じっとできない／貧乏揺すり／手足を常にいじっている／授業中でも物音を立てる／片付けができない）
- 衝動性（人の話を最後まで聞かずに喋り出す／順番を待てない／列に割り込む／思いつきで行動したり話し出したりする）

これらの症状のうち、根本にあるのは「不注意」であり、その結果「多動性」と「衝動性」が起きているという説がある。注意欠如多動性障害の子どもは、自閉症スペクトラム障害の子よりも10倍くらい多いという指摘がある。

注意欠如多動性障害には、コンサータやストラテラ、インチュニブなどの薬が保険適用であり、効果的であるという意見もある。本症の一部の子は、教師や周囲に反抗する反抗挑戦性障害に移行する。さらにその一部は、素行障害（非行）に移行すると言われている。さらにそのごく一部はパーソナリティ障害に発展することがある。従って多動の段階で薬物療法が考慮されることがある。

○学習障害（Learning Disabilities）

英語の頭文字を取ってＬＤと呼ばれることもあるが、学習障害という言葉の方が一般的である。なお、この言葉は教育用語であり、正確には医学用語ではない。知能全般は正常であるにもかかわらず、「読む」「書く」「聞く」「話す」「計算する」「推論する」ことの習得や使用に障害がある状態を言う。まったく普通に会話できるのに、教科書を音読できなかったり、文字を書けなかったりする。一桁の足し算ができなかったり、地図

発達障害の概念

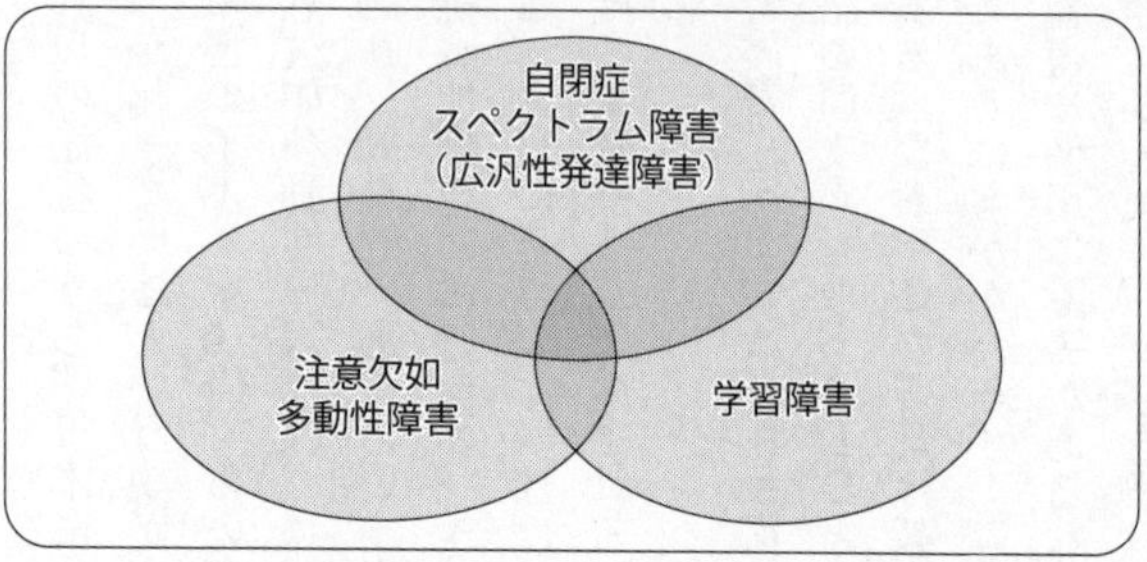

を見てもその意味が分からなかったりする。読み書きに困難がある場合を「ディスレクシア」と呼ぶ。

学習障害の子どもは医療機関にかかっていない可能性が高い。そのため、患者の正確な数は分からない。しかし教育関係者から、学習障害の子は注意欠如多動性障害の子と同じかそれ以上に多いという意見を筆者はもらったことがある。

○発達障害の概念

これまで説明してきたように、発達障害とはおもに自閉症スペクトラム障害・注意欠如多動性障害・学習障害を言う。発達障害は疾患概念の総称であり、病名ではない。

これらの疾患はほかの疾患と併存することも珍しくない。多くの研究報告があるが、これら三つの疾患はお互いに数十パーセントくらいは重複していると目されている。疾患が重なること自体が発達障害の特徴とも言える。

○発達障害は先天性か後天性か

発達障害は、英語ではNeurodevelopmental Disorderとなる。これは「神経の発生・発達の異常」という意味になる。日本語の「発達障害」という語感のせいか、親の育て方に原因があると考える人が未だにいる。「神経の発生・発達の異常」という言葉どおり、胎生期に脳の神経組織がきちんと発生・発達しなかったと言う方が理解しやすいだろう。

ある疾患が先天的か後天的かを調べるためには、双子研究が利用される。一卵性双生児では二人の遺伝情報は完全に一致する。疾患がある特定の遺伝子変異で起きていれば、二人とも同じ疾患を発症する。たとえば、脆弱X症候群は、自閉症・知的障害・注意欠如多動性障害などを呈する症候群であるが、ＦＭＲ１遺伝子の異常によって発症するため、双生児間の一致率は１００％になる。

自閉症の場合、一卵性双生児間の一致率は、70～90％である。単一の遺伝子によってすべての病因を説明することはできないが、先天性の要因が、自閉症の発生に強く関係していることを証明している。

発達障害のグレーゾーン

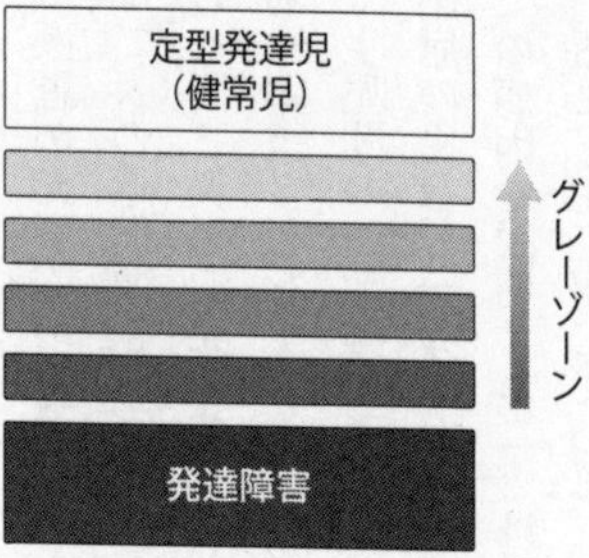

○発達障害におけるグレーゾーン

グレーゾーンは医学用語ではないので、正確な定義はない。しかし一般的にはよく使われている。医学的な発達障害の診断基準を満たしていないものの、定型発達の健常児とは言い切れない境界領域の状態を指している。発達障害の症候の一部を有し、生活上何らかの困難を抱えている場合に、グレーゾーンという言葉を使っていると考えられる。

あとがき

私は２０１７年10月から読売新聞の医療・健康・介護サイト・ヨミドクターで「いのちは輝く～障害・病気と生きる子どもたち」という連載をおこなっている。この連載は反響が大きく、多くの人から意見や問い合わせを頂いた。そのうちの一人が、障害児の受容の記事を読んだ立石美津子さんだった。

立石さんは幼児教育や子育てに関して著作活動や講演活動をしている。ベストセラーとなった本も多い。自身の子育てを例に挙げて、自閉症児の学校選びを中心テーマにした実用本も執筆している。私は、立石さんと息子さんの17年に及ぶ人生の足跡を１冊の本にしたいと考え、話を聞かせて頂くことをお願いした。

ノンフィクションを書く上で重要なのは、筆者の取材力と表現する力であるが、それ以上に大事なのは、取材を受ける人間の語る力かもしれない。私はそういう人が現れるのを何年も待っていた。立石さんはプロの著者・講演家であるので、語る力は申し分ない。私は千葉県在住なので、彼女の住まいが東京であることも幸運だった。話を聞かせてもらうだけではなく、たくさんの動画を見せて頂いた。

さらにもう一つ、聞き書きをお願いした理由がある。それは息子さん（本書では勇太君）の風貌・佇まいが魅力的だったからだ。若い修行僧のような、あるいは新進気鋭の学者のような、そんな雰囲気が何とも魅力的だった。実際に会ってみると、私の期待は見事に当たっていることがすぐに分かった。

私はこれまでに、先天性染色体異常児の家族と、自宅で人工呼吸器を付けている少年の家族に聞き書きをして本を上梓している。これらの本のテーマはいずれも障害の受容である。本書も、知的障害を伴う自閉症児の豊かな世界を描くと同時に、母親がわが子の障害を受容し、「普通」とか「世間並み」という呪縛から解放されていく過程を描いたつもりだ。

私たちの文化は、横並びであることが特徴で、出る杭は打たれ、目立たないことが美徳とされる。場の空気を読む人間が賢いと考えられ、いったん一つの集団が形成されるとそのグループは単一の考え方に染まりやすい。従って集団から仲間はずれにされるとかなりつらい思いをする。多様性が大事だと指摘されるが、私たちの社会は多様さの重要性が本当の意味でまだ根づいていないような気がする。息苦しさを感じている人もたくさんいるだろう。立石さん親子の生き方は、そうした息苦しさを振り払う一陣の風という感じだった。

みなさんはこの本をどう読むだろうか？　いろいろな読み方が可能だと思う。自閉症と直接関係がなくても、生き方に困難を抱えている子どもは多いはずである。そのことによって家族みんなで悩んでいることもあるだろう。そうした難しさに直面したとき、本書がそれを乗り越えるヒントになってくれれば嬉しい。

詳しくは書かないが、私の子どもにも（命には関わらないが）難しい病気があり、これからの生き方の先行きを見通すことができないでいる。本書を書きながら、そうした不安に立ち向かう勇気を立石さん親子から私自身もらうことができた。だから、それぞれの読者の胸の中に何かが残ってくれれば筆者としてこの上ない喜びである。そして、自閉症の子の世界について本書を通じて理解が深まっていくことがあれば、私にとっても立石さん親子にとっても、とても意義深くすばらしいことだと思う。

本書を執筆するにあたって、中央公論新社の中西恵子さんから数多くの助言を頂いた。この場を借りて心から感謝を申し上げたい。

なお、立石美津子さんに講演や取材の依頼をしたい方は、彼女のホームページ tateishi-mitsuko.com から連絡を取って頂きたい。

２０１８年8月10日　本に埋もれた自宅書斎にて

松永正訓

文庫本のためのあとがき

２０１８年に本書の単行本を上梓したとき、大きな反響がありとても驚いた。多くの読者に読まれたことも嬉しかったし、多数のメディアに書評やインタビューという形で取り上げられたことも嬉しかった。発達障害児は増えているという学説が有力で、世間の関心も強かったのだろうと思う。長時間、話を聞かせて頂いた勇太君の母、立石美津子さんにはいくら感謝してもしきれない。

また、この本を書くことで私の医者人生が少し変わった。この本と、その後に『発達障害　最初の一歩　お友だちとのかかわり方、言葉の引き出し方、「療育」の受け方、接し方』（中央公論新社）を上梓したことで、発達障害児の受診が増えた。私のクリニックのある千葉市まで東京都などの遠方から患者家族が来ることもあった。また、私の地元の保健福祉センターが、発達障害に関して私のクリニックを受診して相談するように家族に案内していることを最近になって知った。

私は、本書をノンフィクション作家という立場で書いた。発達障害の専門家としての立場で書いたわけではないので、次々に発達障害の相談が増えると、やや困る部分もある。だが、困っている人がいれば医師としてなんとかしたい。できる限りの対応はしているつもりだ。

従ってクリニックにはたくさんの発達障害の子どもが来る。年齢は未就学児がほとんどだ。医学書から学ぶことは当然多いが、これだけ患者が来ると、目の前の患者から学ぶことも多い。しかし、この子たちが大人になっていくときに、何が問題で何を解決していけばいいか、それは日々の診療からは分からない。医学書もそこまでは書いていない。

しかし私は本書を書くことによって、自閉症児が育ち、大人になっていく過程を知った。そして将来についての見通しも知ることになった。このことは大きい。クリニックで発達障害児の親と話している中で、将来のことを聞かれたとき、私はある程度の確信を持って助言をすることができる。

年齢が低ければ低いほど療育をしっかりおこなうことが重要であることはもちろんで、療育で伸びる子は多数いるが、自閉症が完治するわけではない。その特性を持って子どもは育っていく。そうした子どもが育つ姿を、私は患者家族に言葉で伝えるようにしている。

ところで、私が単行本を書いたとき、インタビューの中で最も印象的だったのは、親たちが自らの手でグループホームを作るという言葉だった。今回、文庫本の加筆にあたり、勇太君の親子にはサテライト型グループホームや自宅で生活するという新たな選択肢が生まれていることを知って驚いた。

念のために言っておくが、これは従来のグループホームの価値を否定しているわけではまったくない。時間が経てば選択肢が増えるということである。選べるということは、大事なことだ。勇太君の5年後にはさらに選択肢が増えているかもしれない。

さて、日本医学ジャーナリスト協会賞というものがある。２０１２年に始まった賞で、質の高い医学・医療ジャーナリズムが日本に根づくことを願って創設された賞だ。募集対象には書籍のみならず、新聞記事・テレビ番組・映画など、あらゆる医学・医療ジャーナリズムが含まれる。過去の受賞作品には傑作・名作がずらりと並んでいる。

私は中央公論新社の編集者と相談して、第8回医学ジャーナリスト協会賞へ本作の応募を決めた。必要書類を準備して２０１９年7月末日に投函した。書籍だけが対象ならば、優秀賞の端っこくらいには引っかかるかもしれないけれど、新聞やテレビがライバルだとかなり難しいかもしれない。私としては期待半分、不安半分だった。

そして10月15日、メールで連絡が来た。単独での大賞受賞だった。私が過去に『呼吸器の子』（現代書館）など命にまつわるルポを書いてきたことも評価されたようだった。

11月18日、東京の日本記者クラブで贈賞式と記念シンポジウムがあった。大賞のほかに優秀賞に3作。「NHK　プロフェッショナル仕事の流儀ディレクター」「読売新聞不正入試問題取材班」「テレビ金沢　化学物質過敏症取材班」という錚々たるマスメディアだった。この顔ぶれの中で、よく単独で大賞を受賞できたものだ。中央公論新社の編集部も驚いていた。個人の作家が組織ジャーナリズムを上回るなどというのは常識では考えられないらしい。

会場には立石さん母子も来ていた。記念シンポジウムは20分とやや物足りなかったが、『発達障害に生まれて』の主要部分を、写真をふんだんに使ってプレゼンした。私のあとには、立石さんと勇太君がみんなの前に立ち、自己紹介してお礼を述べた。拍手喝采が会場に鳴り響いた。

本書は単行本から文庫本になるまで5年という時間がかかった。本書のような単行本は書店の医療や健康に関する書棚に置かれる。するとわが子の発達障害の悩みを持った家族がそういう書棚を訪れ、本書を手に取ってくれる。困難を抱える家族に意義のある本として長く読まれ続けていたことが文庫化にストップをかけていた。

今回私のわがままで、読者層を広げたいという希望で文庫化がかなった。5年という時間は、勇太君の成長を加筆する上でちょうどいい時間の長さとなった。文庫本のサブタイトルは『自閉症児と母の22年』という感じだろう。一つの家族の生き方を22年にわたって書けたことは、私にとっても嬉しい。

立石さんも新しいことに挑戦している。ブログの執筆の場をAmebaブログに変えた(https://ameblo.jp/tateishi-mitsuko/)。大人気ブロガーになっているそうだ。

この母子の成長に関心のある方は、ぜひブログをチェックしてほしい。

今回の文庫化にあたって、いつものように中央公論新社の中西恵子さんとタッグを組んだ。そして文庫本の解説を大宅賞作家の河合香織さんに快く引き受けて頂いた。河合さんとは新型コロナ・パンデミックの前に何度かお会いして歓談したことがある。コロナが5類扱いになった今、またお会いしてぜひノンフィクション文学について語り合いたい。河合さんの解説が加わったことで、この文庫本の価値は大きく上がったことだろう。本当に光栄です。

文庫本になったことで、この本は書店の別の書棚に移動することになる。その新しい場所で、新しい読者と出会えることを心から楽しみにしている。そこから何かが生まれ、私の人生にも何かしらの影響があるかもしれない。それが本を書く楽しさだ。

2023年8月16日　自宅書斎にて

松永正訓

解説

河合香織

「もしもあの時に産んでなかったらと思うとぞっとする」

小花柄のワンピースにネイビーのジャケットを羽織った女性は、大きな目を見開いてそう言った。

私はあるウェブメディアの取材で、出生前検査の取材をしていた。そこで20年ほどまえに母体血清マーカーで陽性判定を受け、障害を持っていたら中絶をすることを決意していたという立石美津子さんに話を聞きたいと思った。

立石さんは学生時代、特別支援学校に教育実習に行った時のことを語りだした。そこで出会ったような障害児を、自分は到底育てられるとは思わなかったし、育てたいとも思わなかったという。

立石さんは確定検査である羊水検査を受ける。そこで障害がわかったら中絶をしようと決意していた。しかし生まれた男の子はダウン症ではなかったが、自閉症だった。現在のところ、自閉症を含む発達障害は出生前検査ではわからないし、実は検査でわかるのは先天性の病気のうちわずかでしかない。

「検査でわからなくて良かった。この子に出会えて本当に幸せだと思っています」

そう言って、晴れやかな笑顔を見せた。そして障害児を育てることが決して大変ではなく、むしろどれほど楽しいかを語りだした。

3時間以上は話しただろうか。自宅に戻ると、立石さんから大量のリンクが送られていた。住まいやお金、相続、主治医探しなど、障害者が受けられる支援の一覧だった。

「知らないから不安は増大するんです。だからちゃんと知る必要がある」

私たちの社会は総じて不安に取り憑かれているように見える。先を見通して、できるだけ安全な道を歩みたいと思い、間違うことや普通から外れる選択を忌避しようとする。けれども本当に安全な道や正解の人生などあるのだろうか。

今は確信をもって子育てをしてきたように見える立石さんだが、わが子の障害を受け止める過程はそれほど容易ではなかった。

彼女こそ、本書の主人公の一人である「母」である。

報道で、あるいは身の回りの会話で、発達障害という言葉を聞かない日がないほどになった。自閉症、アスペルガー症候群、注意欠陥多動性障害（ＡＤＨＤ）、学習障害などの発達障害に対する世の関心は高く、その数は子どもの15人に1人とも推計されている。

書店には発達障害に関する本も数多く並んでいる。だが、本書を開けば、それらの本の多くとは何か違うことがわかるだろう。発達障害についての医学的解説や対処法といった書籍とは違い、本書はある知的障害を伴う自閉症の子どもを持った母と子の障害の受容を描いたノンフィクションである。

親がわが子に望むことは何だろうか。ノーベル賞がとれるほど頭が良くなってほしいとか、社会の役に立つ人になってほしいと思うかもしれない。友達をたくさん作って豊かな人間関係を築いてほしいと願うかもしれない。それがどれも叶わないと知った時、人はどのように振る舞うのだろう。

著者の松永氏は小児科医師であり、小学館ノンフィクション大賞を受賞したノンフィクション作家でもある。これまでの作品において、人はどのように障害を受容していくか、困難に直面した時にどのように生きるかを、あたたかく対象を包み込むような視点で描いてきた。本書もまた、母がわが子の障害をどのように受け入れていくかが主題となっている。

現在は開業医として日々クリニックで多くの親と会話をする松永氏は、親が子に最も望む、「普通である」ことや「世間並み」の道を歩んでいくことは〈どうしても譲れない最小限の願い〉だと書く。それは松永氏自身同じであるという。わが子が生まれた時、「普通に」育っていくことを強く願い、病気をせぬように心を配り、公園デビューにドキドキし、幼稚園では妻がママ友たちとうまくやっていくことを望み、学校ではわが子に友人がたくさんできることを期待した。

　しかし自閉症に限らず、子育ては不意の出来事の連続だ。思い通りにならないことがほとんどであろう。その時に、〈どうやって現実を受け入れ、「普通に」想定していた未来を手放し、「世間並み」の幸福を断念するのだろうか？　私にはちょっと想像がつかない〉と著者は「はじめに」で告白する。「普通」が最善であるという価値観から解放された先にどのような自由な光景が広がっているのか。その答えを本書では探し、「普通」の意味を問いただしたいと綴る。

　私はこの言葉を読んだ時に、その率直さに驚いた。先にも書いたように松永氏は小児科医師としてキャリアも長く、これまでさまざまな障害の受容について本を出している。２０１４年に文庫として出版された『小児がん外科医』では、自身の子どもを幼くして亡くした経験も書かれている。そのような多くの経験を積んだ人でもなお、「普通」であることを希求する。そのことを隠すことなく誠実に告白しているからだ。安全圏から啓蒙するのではなく、松永氏は一個人として自分自身をかけて文章を書いていることが伝わってくる。

本書を説得力のある作品にしているのは、このような松永氏の確固たる視点である。本の中で著者の姿や意見はあまり登場させずに、母と息子の月日を抑制的な筆致で客観的に書き綴っている。だが、その背景にある著者の視座こそ、本書を長く読みつがれるすばらしいノンフィクション作品に昇華させている。本書は日本医学ジャーナリスト協会賞大賞を受賞したが、松永氏が医師としてだけではなく、ジャーナリストとして、ノンフィクション作家としても一流であることを示しているだろう。

すぐれたノンフィクションに必要なものは何か。それは丹念な取材や構成、文章の力もあろう。だが、何より重要なのはこのような著者の視点ではないだろうか。それは「私はこう考える」という自分の意見を高らかに書くようなものではなく、この世界やそこに生きる人々への向き合い方、生きること死ぬことについてのその人の考え方のように思える。だからこそ、物を書くことは怖いことでもある。「私」のことなど一行も書かなくとも、書き手が何をどれだけ考えているか、あるいは考えていないかもあらかた透けて見えてしまうからだ。

松永氏はそのような視線、対象をそのまま丸ごと受け止め、人生の困難をも受容する思いの深さに卓越している。それは多くの死に瀕した子どもに手をさしのべ、家族に寄り添ってきたからこそ、幼く死ぬことさえ悲しみではないという境地に至っているからではないだろうか。通底するのは、医師や専門家としてだけではなく、この社会に生き、いつかは死んでいくという喜びと悲しみを共有する同じ人間としての視点のように思える。

松永氏とは何度かお会いしたことがあったが、彼はあるノンフィクション作家から、「なぜ医師であるあなたが書くか」と問われたことがあると話していた。その時には答えは聞かなかったが、松永氏の著作を読めばそれは自ずとわかることだろう。

一つには障害に限らず人生に起きるさまざまな困難を受容する人の手助けをしたいという思いがあるに違いない。そして加えて感じるのが、松永氏にとってもこのようなテーマ――子どもの障害や人生の困難の受容――は切実なテーマだということだ。本書の最後には、松永氏の子どもも難しい病気があり、先が見通せないと書かれている。不安で見通せない人生の先に何があるのか知らずにはいられない思いが、ノンフィクションを書く原動力の一つではないか。

きれいな言葉なら誰でも書ける。だが、上辺だけのきれい事は人を救わない。本書はそのような言葉を排し、人が心から感じている生の言葉を引き出している。

冒頭で息子が生まれていなければと思うとぞっとすると話した本書の「母」も、最初は「普通」であること、いや「世間並み」以上の生活を望んだ。

「こんな子じゃなかったらよかった！　この子をちっとも可愛いと思えない」

自閉症だとわかった時に、母はそう言い放ち、無理心中という言葉が頭をよぎったこともあったという。健常児とわが子を比べ、そして他の障害児とも何ができて何ができないのかを比べてしまう。障害児であるなら、健常者にはない才能を発揮してほしいと躍起になるが、それも叶わない。

いったんは障害を受容できたと思っても、幾度となく受容しきれていない自分を発見する。それは誰かと比べることからの、「普通」という呪縛からの脱却でもあった。

しかし、かくあるべきという敵はなかなか手強い。それは思い描いていた理想を手放す過程とも言える。

これは障害に限った話ではないだろう。人と比較している限り、真の幸せは得られない。いつも何か足りないような思いに追い立てられて生きざるを得ない。

この母自身が自分の親からいつも比べられて、価値観を押し付けられて生きてきたという。完璧主義の母親に育てられ、一流の学校に入学し、人がうらやむ一流の企業に就職し、高学歴の恋人を作り、人生で成功を収めるようにきつく教育されてきた。

ところが、人生は理想通りにいくものではない。かくあるべきという親の理想通りに生きられない自分を責め、強迫性障害になってしまい、精神科病棟に入院するまでに悪化した過去があった。

「自分の子どもが生まれたら、絶対に私と同じ道は歩ませない」

母はそのように決意していたというが、子を授かった時から胎教を施し、生後すぐから英才教育を始め、1日に10冊の絵本を読み聞かせてきた。母親が自分に行ったのと同じことを知らず知らずのうちに息子にもしていたのだ。そんな負の連鎖を断ち切ってくれたのが、わが子の自閉症だったと気づく場面には心が揺さぶられる。それは本当の意味で母が幸せとは何かを気づく道程でもあった。

そして本書をさらに魅力的にしているのは、もう一人の主人公である勇太くんの姿である。自閉症の勇太くんは、17歳当時の知能指数（IQ）は37、精神年齢は5歳8ヶ月だという。トイレの便器を撮影するのが趣味で、その水流音からトイレのメーカーと品番を聞き分けることができる。そのような趣味に何の意味があるのか。周りは戸惑い、祖父は理解できずに叱ったこともあった。だが、勇太くんにとってはなくてはならない大切な時間なのだ。

また、職業訓練ではあまりに単純な作業の繰り返しに、母は自分は変化のある毎日を送っているのに、息子があまりに不憫だと悲しんだ。けれども、勇太くんにとっては働く喜びにつながっていた。

母は何度も自分の価値観や「普通」を揺さぶられる。自分の価値観から勇太くんを見ては落胆する。けれども、それは価値観の押し付けではないかと気づき、勇太くんのありのままの姿に寄り添うようになっていく。

「普通」か「幸せ」か、どちらかを選べと言われたらほとんどの人が「幸せ」を選ぶに違いない。だが、私たちは自分で想像している以上に、普通という価値観や、かくあるべきという呪縛にしばられて、そのために幸せから遠ざかっている場合もあるのではないか。

たとえば、平均寿命にこだわれば、それよりも早く子どもの頃に命を落とすことは不幸になるだろう。普通の暮らしや普通の子どもにこだわれば、そこから外れる場合に苦しむことになる。けれども、当然のことながら命は長さではないし、定型的な幸せもない。

本書を読めば勇太くんにとって自閉症は不幸ではないことがわかる。そして障害を持って生まれたことも不条理ではない。それは勇太くんにとっては「普通」のことなのだ。そのことに母は気づき、私たち読者も気づいていく。

だからわが子が自閉症と診断されても、発達障害と言われても、泣く必要なんてないと本書は訴えかける。それは「普通」という軛《くびき》から一人の母が解放され、自由になっていく道程でもあった。

そもそも「普通」とは誰が決めたのだろうか。

私たちは自分で人生を選んでいるつもりで、実は親や社会から押し付けられた価値観に選ばされているだけのことも多いのかもしれない。

よく目を開いてみれば、多様な障害、多様な価値観、多様な生き方がある。思い込みから脱却し、その多様な世界に気づき、七転八倒しながらも人を条件をつけることなく愛することで、人間が自由になっていく。

その過程を見事に描いた本書は、障害の有無に関係なく多くの人の人生の指針になるに違いない。

（ノンフィクション作家）

『発達障害に生まれて——自閉症児と母の17年』
２０１８年９月　中央公論新社刊
20章「あれから５年」は、文庫版のために書きおろしました。

中公文庫

発達障害《はったつしょうがい》に生《う》まれて
——自閉症児《じへいしょうじ》と母《はは》の17年《ねん》

2023年10月25日　初版発行

著　者　松永《まつなが》 正訓《ただし》

発行者　安 部 順 一

発行所　中央公論新社
〒100-8152　東京都千代田区大手町 1-7-1
電話　販売 03-5299-1730　編集 03-5299-1890
URL https://www.chuko.co.jp/

ＤＴＰ　市川真樹子
印　刷　三晃印刷
製　本　小泉製本

Printed in Japan　ISBN978-4-12-207434-7 C1137

各書目の下段の数字はＩＳＢＮコードです。978－4－12が省略してあります。

中公文庫既刊より

ち-8-1
教科書名短篇 人間の情景
中央公論新社 編

司馬遼太郎、山本周五郎から遠藤周作、吉村昭まで。人間の生き様を描いた歴史・時代小説を中心に中学教科書から厳選。感涙の12篇。文庫オリジナル。

206246-7

ち-8-10
教科書名短篇 科学随筆集
中央公論新社 編

寺田寅彦、中谷宇吉郎、湯川秀樹をはじめ、岡潔、矢野健太郎、福井謙一、日髙敏隆七名の名随筆を精選。国語教科書の名文で知る科学の基本。文庫オリジナル。

207112-4

ち-8-2
教科書名短篇 少年時代
中央公論新社 編

ヘッセ、永井龍男から山川方夫、三浦哲郎まで。少年期の苦く切ない記憶、淡い恋情を描いた佳篇を中学教科書から精選。珠玉の12篇。文庫オリジナル。

206247-4

ち-8-9
教科書名短篇 家族の時間
中央公論新社 編

幸田文、向田邦子から庄野潤三、井上ひさしまで。かけがえのない人と時を描いた感動の16篇。中学教科書から精選する好評シリーズ第三弾。文庫オリジナル。

207060-8

ま-45-1
小児がん外科医 君たちが教えてくれたこと
松永正訓

助からないことのほうが多い「小児固形がん」。闘病する子供たちやその家族と向き合う中で、小児外科医は何を見たか？　渾身の治療と輝く命の記録。

205894-1

く-33-1
たおやかに輪をえがいて
窪美澄

結婚二十年。主婦・絵里子の人生に思いがけない家族の秘め事が次々と突きつけられ……。妻でも母でもない道が、鮮やかに輝き出す長編小説。〈解説〉島本理生

207295-4

に-21-1
本で床は抜けるのか
西牟田靖

「本で床が抜ける」不安に襲われた著者は、解決策を求めて取材を開始。「蔵書と生活」の両立は可能か。愛書家必読のノンフィクション。〈解説〉角幡唯介

206560-4